AF381438

Jürgen Renz

Tod eines Lobbyisten

- Kriminalroman –

www.tretion.de

© 2018 Jürgen Renz
Umschlaggestaltung: Jürgen Renz
Verlag: tredition GmbH, Hamburg
ISBN 978-3-7469-2303-1 (Paperback)
ISBN 978-3-7469-1815-0 (Hardcover)
ISBN 978-3-7469-1816-7(e-Book)

„Die Naturwissenschaftler haben nicht Unrecht und irren nicht unbedingt in dem, was sie sagen, sondern in dem, was sie verschweigen.“
(C.F. von Weizsäcker)

Prolog

Der Ort war gut gewählt.

Zum letzten Mal ging Frau Rita Andeler ihre Checkliste durch und war zufrieden. Außer den schrillen Schreien der karibischen Seevögel, einem leichten, kaum wahrnehmbaren Rauschen der Meeresbrandung und gelegentlichen Zurufen des Personals, das letzte Hand an die Tische der weitläufigen Terrassen legte, drang kaum etwas in ihr großes, sonnendurchflutetes Büro im zweiten Stock der weitläufigen, ultra-modernen Hotelanlage, die sich mit dem Hauptbau und vielen kleinen Bungalows über die gesamte Bucht erstreckte. Sie schaute durch die weit geöffneten Fenster über den weißen Strand hinaus über das träge Meer, und bemerkte befriedigt, dass auch das gemietete Schnellboot dort draußen unter dem Horizont ankerte, um die Anlage von der Wasserseite her zu sichern.

Seit einigen Jahren arbeitete sie erfolgreich, zuverlässig und dementsprechend hervorragend bezahlt als sogenannte PR-Managerin des Dachverbandes. Sie bezeichnete sich selbst, stets mit leicht heruntergezogenen Mundwinkeln und einem etwas bitteren Lächeln als die „Dame für's Grobe", hatte wieder einmal fast die ganze Nacht durchgearbeitet und brauchte nicht auf die Uhr zu schauen, um zu wissen, dass es höchste Zeit für das Frühstück wurde. Ihr leerer Magen meldete sich vernehmlich und die laue Brise wandelte sich bereits zum heißen Landwind, der die Insel dann zur Mittagszeit stets in einen schwülen Backofen verwandelte. Sie entspannte sich ganz bewusst, erhob sich aus dem eleganten Chefsessel vor ihrem Schreibtisch, streckte sich, schloss per Knopfdruck die Fensterfront und die Klimaanlage begann unhörbar ihr Tagewerk. Im Freizeitlook begab sich Frau Andeler nach unten auf die noch kühle Westterrasse. Statt für Kaffee entschied sie sich schon am frühen Morgen zu eiskalter Rum-Cola begleitet von einer übergroßen Eis-Kreation, der *Coupe Gargantua*, die der französische Küchenchef seinem heimatlichen Avignon abgeschaut und mit feinen Maracujaschnipseln karibisiert hatte. Als krasse Realistin gab sie sich nur selten irgendwelchen Stimmungen hin, aber hier, auf der warmen Insel öffneten sich ihre Sinne für die Farbenpracht des frühen Morgens, die sich allzu bald, wenn die Sonne höher stand, in dieses undefinierbare *vair* verwandeln würde. Auf diesen fast unmerklich wechselnden Farbeindruck achten zu können, verdankte sie einer Anmerkung ihres Französischlehrers, der mit seinen Schülern – völlig außerlehrplanmäßig –

einen Ausflug in die Liebeslyrik der alten Troubadours unternommen hatte. Sie erinnerte sich genau: *Vair* kam aus dem Lateinischen *variu* und wurde allgemein nur als *bunt* verstanden, aber gemeint war in den Texten fast immer das mediterrane Verblassen der Farben unter der hellen Sonne. Sie seufzte auf: „Auch schon wieder über zwanzig Jahre her“, dachte sie ein wenig wehmütig, denn ihr momentaner Job hatte normalerweise so gar nichts Romantisches an sich. Da ging es immer nur um *money, money, money*. „Money makes the world go round... “, summte sie vor sich hin, als sie sich erhob und in den nächsten Liegestuhl wechselte. Noch ein paar Stunden Entspannung, bevor die ersten Vertreter des *big money* eintreffen würden. Die gesamte Hotelanlage, also die ganze Bucht, war für diese Leute reserviert worden. Kein Tourist, kein ungebetener Gast würde die Zusammenkunft der Herrschaften stören. „*Herrschaften*!“, dachte sie. „Ja das waren sie im wahrsten Sinne des Wortes“, einerseits von ihren oft orbitanten Einkommen her, andrerseits bestand die Gästeliste tatsächlich fast ausschließlich aus Männern. Für die abendliche Versorgung mit holder Weiblichkeit hatte sie deshalb – besonders der asiatischen Teilnehmer wegen - ebenfalls sorgen müssen. Das gehörte nun einmal zum Geschäft und damit zu ihrem Job. Wenn der ‚Hühnerstall‘, wie sie die Marketenderinnentruppe bei sich nannte seine unruhigen Hinterteile auf die Barhocker verteilte und der Herren harrte, die da ganz sicher kommen würden, zog sich Frau Andeler normalerweise zurück und verschwand in ihrem Büro. Sie stand für abendliche Belustigungen nicht zur Verfügung, war sie doch nach einigen emanzipatorisch bedingten Bruchlandungen jedem männlichen Charme gegenüber praktisch unempfänglich – zumindest momentan. So reagierte sie denn auch ziemlich ungehalten, als ein durchaus wohlgebauter Page, sie mit der Botschaft aus ihren Tagträumen riss, dass ein erster Gast gerade eingetroffen sei. „Mein Gott, das muss ein Schotte sein“, dachte sie und verzog ärgerlich die Mundwinkel, „der will auf keinen Fall das Mittagessen verpassen.“ Unwirsch erhob sie sich und verschwand mit einem gefauchten „Bin gleich da!“ in ihrem Appartement, um sich angemessen zu kleiden.

Es war kein Schotte, sondern ein schweizer Vertreter seiner Zunft, der sich da allzu früh eingefunden hatte und gleich bei der Begrüßung seinen Bedenken gegenüber dem Ziel der Tagung Ausdruck verlieh:

„In der Schweiz bekommen wir gerade enormen Gegenwind. Die Vorbehalte gegenüber unseren Produkten werden immer massiver und …“ Frau Andeler vermied eine tiefergehende Diskussion mit dem

Bemerken, dass sie sich über die thematischen Inhalte der Tagung bisher nicht informiert habe. Sie tue das, was man ihr auftrüge, und mische sich in die geschäftlichen Details nicht ein. Das stünde ihr ja schließlich auch gar nicht zu. Der Schweizer wiegte bedächtig den Kopf und meinte nur, dass es vielleicht besser sei, so gut wie möglich informiert zu sein, denn so etwas hätte ja auch durchaus Auswirkungen auf die eigene Tätigkeit. Sollte das eine Drohung sein? Der Mann wurde ihr immer unsympathischer. Nicht nur, dass er ihren genüsslichen Morgen durch sein allzu frühes Erscheinen - einfach so - zerstört hatte, jetzt malte er auch noch – völlig ungefragt - düstere Wolken an ihren Arbeitshimmel.

Im Lauf des Nachmittags dann brachten drei große Busse die nationalen Delegationen vom Inselflughafen zum Hotel, und kaum hatten die etwa einhundertundfünfzig Aufsichtsräte, Manager und Direktoren, hierarchisch nach Stockwerken sauber getrennt, sich in ihren Zimmern eingerichtet, da brach auch schon die tropische Dämmerung herein, ließ die Farben der Bucht noch einmal kräftig leuchten und wandelte sich schnell in die tropische Nacht.

Wie immer wandte sich etwa die Hälfte der Gäste mit mehr oder minder wichtigen Fragen an Frau Andeler. In der Hauptsache erbaten sie sich Auskünfte über das – mit Absicht abgeschaltete – Internet und wunderten sich zum Teil recht lautstark darüber, dass auch ihre Handys kein Netz fanden. Die Aufklärung zu diesen Problemen erteilte ihnen beim gemeinsamen Abendessen der Vorsitzende des Dachverbandes mit den Worten:

„Sehr verehrte Gaste, Mitarbeiter und Freunde. Ich danke Ihnen herzlich…", und dann folgte das übliche Begrüßungsritual „… begrüße besonders" … „… bin sicher, dass Sie sich alle hier wohlfühlen werden", und schließlich endete er mit dem Bemerken, dass man hoffe, die Anwesenden „fühlen sich nicht allzu sehr eingeschränkt – oder geradezu ‚amputiert' (haha) - durch die Tatsache, dass wegen der Brisanz der während der kommenden Woche zu behandelnden Themen, keine Möglichkeit mobiler Kommunikation besteht. Dies betrifft sowohl Mobiltelefonie als auch das Internet. In dringenden Fällen steht Ihnen an der Rezeption das Festnetz sowohl für Telefonie, als auch eventuell für dringende Faxe zur Verfügung…" Was er nicht sagte, war, dass alle aus- und eingehenden Verbindungen akribisch mitgeschnitten werden würden.

‚Na fein', dachte Frau Andeler. Wie *sie* den Laden kannte, würden sich in den Vortragspausen an der Rezeption lange Schlangen bilden. …

Die eigentliche Tagung begann am nächsten Morgen nach dem Frühstück mit dem Einführungsvortrag über wirtschaftliche und technische Möglichkeiten mobiler Kommunikation innerhalb der kommenden zehn bis fünfzehn Jahre und darüber hinaus. Besonders der wirtschaftliche Aspekt wurde immer wieder hervorgehoben und darauf hingewiesen, dass sich im Laufe der anvisierten Zeit weltweit hunderte von Milliarden Dollars verdienen lassen würden. Voraussetzung dafür wäre allerdings ein intensives ‚Bearbeiten' der einzelnen nationalen Regierungen, und dafür brauche man die fähigsten Lobbyisten, die man bekommen könne. Danach folgten tagelange Fachvorträge, wobei auch kurz darauf eingegangen wurde, wie man eventuell der sich immer stärker formierenden - hauptsächlich medizinischen - Gegnerschaft gegen eine immer dichter werdende Bestrahlung der Bevölkerungen durch Funknetze begegnen könne. Im Nachgang zu diesem Thema profilierte sich die Vertretung der Bundesrepublik Deutschland als optimistischste Gruppe mit dem Hinweis, dass die deutsche Politik sich schon immer als ganz besonders innovationsfreudig und wirtschaftsnah gezeigt habe und man hier vielleicht einen ersten Hebel ansetzen könne.

Am letzten Abend der Tagung versammelten sich auf dem Dachgarten der Hochzeitssuite die Veranstalter mit den einflussreichsten Vertretern der verschiedenen Delegationen. Bei einem üppigen Mahl mit entsprechenden Getränken lächelte man sich in leicht verschwörerischer Übereinstimmung zu, hoffte auf kommende Erfolge und versprach, als man sich schließlich trennte, in engem Kontakt bleiben zu wollen. Im gleichen Geiste bekam dann auch Frau Andeler am Morgen der allgemeinen Abreise von ihrem Arbeitgeber einen speziellen Auftrag …

Teil I

Der Besucher, ein gewisser Henry Mattson, hatte Platz genommen und begann sofort zu reden. Es waren die üblichen, mit einem Wohlwollen heischenden Lächeln vorgetragenen Komplimente und Aufmerksamkeiten eines Lobbyisten, der etwas für seinen Auftraggeber zu erreichen suchte. Der Abgeordnete Huber, Leiter einer Arbeitsgruppe innerhalb des Referats VIII, das sich mit Problemen der Telekommunikation befasste, hatte sich in seiner erst kurzen Amtszeit an diese Art Gespräche bereits gewöhnt, standen doch fast jeden Mittwoch mindestens fünf oder sechs solcher Verhandlungen an.

Zunächst blieb es bei einer mehr oder minder belanglosen Unterhaltung, bis der Parlamentarier darum bat, auf den Punkt kommen zu wollen, denn seine Zeit sei arg begrenzt.

„Nun, wir hatten Ihnen ja vor kurzem unseren Entwurf für eine Lockerung der Grenzwerte für die Strahlung unserer Geräte übermittelt. Darf ich fragen, ob Sie sich dazu schon eine Meinung gebildet haben?“

Huber hatte natürlich vor dem Termin mit Herrn Mattson versucht, sich einen Überblick zu verschaffen, war bei dem genannten Entwurf jedoch in einem Wust von Zahlen hängengeblieben, deren Sinn ihm weitestgehend verschlossen geblieben war. Das Resümee des fast dreihundert Seiten umfassenden Gehefts zielte unter Bezugnahme auf all die unendlichen Messreihen letztlich darauf ab, die von der Regierung festgelegten Grenzwerte zu ‚dynamisieren‘, wie das in dem Schriftstück ausgedrückt wurde. Nach Rücksprache mit einem Kollegen vom Fach, hatte dieser nur mit den Achseln gezuckt und gemeint: „Die hätten gerne, dass wir höhere Grenzwerte für ihre Handgeräte zulassen“. „Handgeräte?“, hatte Huber gefragt, um sich zu vergewissern, und der Kollege hatte – wie vermutet – erklärt: „Na, Handys eben, *Mobiltelefone.*“ Huber hatte daraufhin weitere Erkundigungen eingezogen und am Ende feststellen müssen, dass selbst der bisher geltende Grenzwert für die Strahlung, die höchstens von einem Handy ausgehen durfte, durchaus umstritten war. Es gab unzählige Einwände vieler ernstzunehmender Institutionen, Wissenschaftler und Ärzte, aber auch esoterischer Provenienz, die sich aus hauptsächlich neurologischer Sicht massiv gegen flächendeckende technische – also nicht natürliche – Verstrahlung der Bevölkerung wandten. Deren Einwände richteten sich ganz allgemein gegen den immer stärker werdenden Elektro-Smog und ganz besonders gegen die Funktelefonie. Andrerseits lagen viele Untersuchungen vor, die zu beweisen suchten, dass nach dem Stand der Forschung, eine gesundheitliche Schädigung der Bevölkerung durch Sendeeinrichtungen, nämlich sowohl durch Funkmasten als auch durch Handys, nicht nachgewiesen werden konnte, die Einhaltung bestimmter Grenzwerte natürlich vorausgesetzt. So hatte Huber vor dem Gespräch mit Mattson beschlossen, sich nicht festzulegen und ihm allenfalls eine gewissenhafte Prüfung seines Antrags durch Fachgremien zuzusagen. Er wollte, dass der Lobbyist seine Karten so offen wie möglich auf den Tisch legte und reagierte deshalb mit einer Gegenfrage:

„Ja, Herr Mattson, ich habe mich natürlich mit Ihrem Antrag vertraut gemacht. Was ich an der ganzen Sache allerdings nicht verstehe ist, warum Ihre Auftraggeber es nicht schaffen, ihre Geräte innerhalb der vorgegebenen Grenzwerte zu halten. Andere schaffen das doch auch.“

„Da haben Sie völlig recht, Herr Huber. Nur wurden die Anforderungen an unsere Funknetze erhöht. Sie sollen flächendeckend, absolut stör- und abhörsicher sein, sowie außer Telefonie oder Sprechfunk auch die Übertragung aller andren nur denkbaren Daten ermöglichen, da benötigen wir für einzelne Dienste eben etwas höhere Sendeleistungen. Und glauben Sie mir, diese Entwicklung steht noch ganz am Anfang. Aber Sie können ganz beruhigt sein, unsere Forschungsabteilung...“

Das Gespräch quälte sich ein wenig dahin und Mattson spürte, dass der Abgeordnete nicht so ohne weiteres auf seine Seite zu ziehen sein würde. Leider war dieser Herr Huber jedoch einer der wichtigsten Ansprechpartner für seinen momentanen Auftrag. Schließlich meinte Mattson, zum gegenwärtigen Zeitpunkt sähe man nur zwei Möglichkeiten: Entweder müssten – ‚nur vorübergehend natürlich' - die Grenzwerte höher angesetzt, oder wesentlich mehr Funkmasten aufgestellt werden. Die letztere Möglichkeit wäre nicht nur sehr viel teurer, sondern, und das sollte die Politik wohl bedenken, stieße sicherlich auch auf einen erhöhten Widerstand in der Bevölkerung. Die erste Variante wäre nach allen vorliegenden Untersuchungen für Menschen nicht nur völlig ungefährlich, sondern würde auch keine Mehrkosten verursachen, denn die Geräte seien zur Serienreife gelangt. An dieser Stelle holte er, einer dummen Angewohnheit folgend, sein Handy aus der Jackentasche und begann, sich mit dem Antennenstummel rhythmisch gegen Kinn und Unterlippe zu klopfen. Er tat dies immer dann, wenn er überlegte oder etwas erklären wollte. Wurde ihm dies bewusst, steckte er das Handy stets mit einem entschuldigenden Lächeln wieder in die Tasche. Er fuhr fort: Man könne also im Lauf des kommenden Jahres das von der Regierung favorisierte neue Funknetz flächendeckend in Betrieb nehmen, wenn sich im Parlament eine Mehrheit für die höheren Grenzwerte der Handgeräte-Sendeleistung finden ließe. Der Einwand des Abgeordneten, dass diese Werte ja nicht willkürlich von der Politik bestimmt, sondern aufgrund von Forschungen und Experimenten der einschlägigen internationalen, staatlichen und halbstaatlichen Stellen zum Schutz der Bevölkerung festgesetzt worden seien, wischte der Lobbyist mit der Bemerkung vom Tisch, dass es ja allgemein bekannt sei, dass die Regierungen in solchen Dingen eher zu vorsichtig und allzu defensiv agierten…

Mitten im Satz unterbrach sich der Herr von der Industrie, starrte mit plötzlich glänzenden Augen auf das Gemälde an der Wand hinter dem Abgeordneten und rief begeistert aus: „Dass ich das erst jetzt sehe… Darf ich mal?" Er stand auf und betrachtete auf seiner Handyantenne kauend das Bild aus der

Nähe. Es handelte sich um eine der üblichen Darstellungen, die sich in Amtsstuben oft finden. Es waren entweder gerahmte Drucke oder - bei höheren Besoldungsgruppen – Originale erfolgloserer Künstler, die, vom Staat über ein Förderprogramm erworben, auf die verschiedensten Behörden verteilt werden. In diesem Fall, - da ja in einem Ministerium hängend - handelte es sich um die Originalmalerei einer Kapelle hoch oben auf einer sturmgepeitschten Bergkuppe. Der Lobbyist konnte sich nicht sattsehen, lobte die Farben und die Pinselführung und erwähnte, dass er von diesem Künstler bereits mehrere Stücke daheim hängen hätte. Er ließ einfließen, dass ihm das Bild durchaus eine sechsstellige Summe wert wäre, wenn er es denn erwerben könnte. Dann ging man wieder zu den wünschenswerten Grenzwerten über, der Abgeordnete gab zu verstehen, dass er bereit sei, darüber nachzudenken, ob er etwas für die Wirtschaft tun könne, und der Lobbyist verabschiedete sich, nicht ohne seine Visitenkarte mit dem Bemerken zurückzulassen, dass er glücklich wäre, wenn man in beiden Punkten, sowohl bei den Grenzwerten als auch mit dem Bild, in naher Zukunft handelseinig werden könnte.

* * *

Als Herr Mattson das Büro wieder verlassen hatte, stellte sich auch Huber direkt vor das Gemälde und betrachtete es nun zum ersten Mal genauer. Er fand nichts Besonderes daran, kannte auch den Namen des Künstlers nicht. Gleichzeitig stirnrunzelnd und vor sich hin lächelnd schaltete er das kleine Diktiergerät ab, das er in seiner Brusttasche zu seiner eigenen Sicherheit bei solchen Gesprächen stets mitlaufen ließ, murmelte vor sich hin „Netter Versuch", schaute auf die Uhr und machte sich langsam auf ins *Palais*, wo man in lockerer Atmosphäre und durchaus parteiübergreifend speisen und sich unterhalten konnte. Dort traf er sich, wenn es seine Zeit erlaubte und nicht irgendeine Käse- oder Wurstsemmel als Mittagessen herhalten musste, mit ein paar Gleichgesinnten, zumeist ebenfalls jüngeren Politikern, zum Essen. Diese kleine, sechs Frauen und Männer verschiedener politischer Richtungen umfassende Gruppe hatte sich in der neuen Legislaturperiode besonders für das Phänomen der immer größeren Anzahl von Nicht-Wählern in der Bevölkerung interessiert und das Problem schon mehrfach diskutiert. Sie glaubten festgestellt zu haben, dass die Anzahl der Nicht-Wähler in den unteren Gesellschaftsschichten am höchsten ausfiel nach dem Motto: *Die tun sowieso nichts für mich, die sorgen nur für sich selbst.* Ein gar nicht kleiner Teil der Intellektuellen betrachtete die Politiker ganz allgemein als die *Nutten der*

Gesellschaft und verachtete sie generell. Ein wohl ebenso großer Teil an Nicht-Wählern hatte es offenbar schon seit einiger Zeit satt, immer nur das *kleinere Übel* wählen zu müssen, und ein immer höher werdender Anteil der Bevölkerung schien die Entscheidungen der Regierung einfach nicht mehr zu verstehen. *Fehlende Nähe zum Bürgerwillen* und immer erneut bekannt werdende Fälle von *Korruption* verdarben dem Wahlvolk offenbar die Lust am Urnengang. Nach einem erneuten, kürzlich ruchbar gewordenen Bestechungsskandal hatte die kleine Gruppe beschlossen, etwas gegen die Korruption in den eigenen Reihen tun zu wollen und befasste sich zunächst einmal ausgiebig mit dem Lobbyismus. Ein Antrag der Oppositionsparteien, das Amt eines Antikorruptionsbeauftragten auch für die Regierung einzurichten und die Bestechung von Abgeordneten als strafbar zu erklären, war im Kabinett gescheitert. Schon bald hatte die Gruppe ihren Spitznamen weg: Von *Idealisten* abgeleitet, nannte man sie die *Idealos.* Etwas gemeiner war das Kürzel *Idis,* konnte man doch leicht dem Verdacht verfallen, es seien *Idioten* gemeint. So sprach man über sie, sowohl offen als auch hinter vorgehaltener Hand und häufig auch ein wenig verschämt. Die eventuell eigene moralische Unzulänglichkeit im politischen Handeln wurde einem angesichts dieser jungen Leute durchaus hin und wieder bewusst. Ebenso bald allerdings war den *Idis* der Verdacht gekommen, dass sie sich da eine herkulanëische Aufgabe vorgenommen hatten und dass es wohl kaum einen Fluss gäbe, dessen Strömung stark genug gewesen wäre, das *hohe Haus* nachhaltig zu reinigen. Darüberhinaus ließ sich im Einzelfall praktisch kaum nachweisen, ob oder wie durch solche Machenschaften tatsächlich erfolgreicher Einfluss auf das individuelle Abstimmungsverhalten gelang, da man ja sowieso allzu oft dem Koalitionszwang unterworfen war. So hatten sich die Idealos dahingehend verständigt, wenigstens ihr persönliches politisches Handeln sauber zu halten. Ganz allgemein hatte man nur ein einziges drastisches Mittel gegen allzu dreiste Versuche von Einflussnahme: Man konnte den betreffenden Akteuren ein Besuchsverbot zumindest für das eigene Büro oder nach Absprache mit den jeweiligen Parteikollegen, für die gesamte Zentrale erteilen lassen. Es war dennoch ein äußerst mühsames und heikles Geschäft, dem sie sich da verschrieben hatten, schließlich musste man den Eindruck, man bespitzele oder bevormunde die zum Teil schon altgedienten Kollegen, auf jeden Fall vermeiden, sonst wäre man vom Informationsfluss, vom oft aufschlussreichen Klatsch und Tratsch im Parlament, sehr schnell ausgeschlossen worden. Schlimmstenfalls käme für die Beteiligten spätestens bei der nächsten Wahl im Kampf um die Listenplätze das politische Aus. Was der Gruppe der *Idis* allerdings nicht klar war: Nach jedem Regierungswechsel fand sich ein Häuflein ähnlich gesinnter neuer Abgeordneter zusammen, um der Politik ein etwas moralischeres Aussehen zu verleihen. Immer wieder jedoch versickerten solche ‚Zwergenaufstände' während der Legislaturperioden im Morast menschlicher Unzulänglichkeiten und sogenannten *alternativlosen* Zwängen.

* * *

Noch am gleichen Tag putzte Henry Mattson so manche Türklinke in den Parteizentralen. Und als er am frühen Abend in sein Hotelzimmer zurückkehrte, war er zwar einigermaßen geschafft, konnte aber einige Namen auf seiner Liste abhaken. Er schaute auf die Uhr und beschloss, dass es noch etwas zu früh sei, seinen ‚Führungsoffizier' - wie er die Dame bei sich nannte – zu kontaktieren. Er war vom Dachverband angeheuert worden und diese Frau Andeler, die ihm schon von früheren Aktivitäten her bekannt war, fungierte als seine Kontaktperson zu der betreffenden Organisation.

Zunächst nahm Mattson ein ausgiebiges heißes Bad, ließ sich danach entspannt auf das viel zu weiche Bett fallen und schlief ein. Als es schon dunkel wurde über der Hauptstadt, weckte ihn das Telefon. Die Rezeption informierte ihn darüber, dass ihn eine Frau Andeler an der Hotelbar erwarte. Mattson bedankte sich, war zwar ein wenig ärgerlich über die Ungeduld der Dame, kleidete sich ‚stadtfein' und fuhr mit dem Aufzug hinunter.

„Sie wollten sich melden."

„Tut mir leid, ich bin gerade erst zurückgekommen."

„Was erreicht?"

„Bei zweien definitiv ‚ja', bei den anderen wird sich das zeigen."

„Na, immerhin. Also weitermachen und ein wenig Druck ausüben bei unseren *alten* Kunden."

„Natürlich. Aber wie gesagt, ich kann es nur versuchen. Keine Erfolgsgarantie, klar?"

„Klar. Und Sie wissen ja, ihre Erfolgsprämie wäre in diesem Fall sehr beträchtlich. … Wie lange werden Sie brauchen?"

„Zwei oder drei Monate, vielleicht sogar ein oder zwei Jahre."

„Hören Sie, das *eilt*!"

„Ich tue mein Möglichstes, wie abgemacht."

„Sie rühren sich, wenn es Probleme oder einen Durchbruch gibt.. Und, wenn Sie finanzielle oder andere Mittel einsetzen müssen… Sie wissen ja…"

„Danke, ja. Aber ich kann Ihnen nicht viel Hoffnung machen, dass sich da sehr schnell etwas tut. Natürlich melde ich mich bei Ihnen, wenn ich etwas erreiche…. Ach, übrigens, ich habe vor, heute

Abend vielleicht ein paar alte Kontakte aufzufrischen. Wenn Sie wollen, begleiten Sie mich doch. Ich kenne da eine Bar…“

Frau Andeler lehnte dankend ab, sie habe noch einen unaufschiebbaren Termin, und verschwand schnell wieder, während Mattson in das gepflegte Restaurant des Hotels hinüberwechselte, denn für das Berliner Nachtleben war der Abend noch zu jung.

* * *

Es war ein Sonntag zwei Monate später, als sich Huber zum gemeinsamen Frühstück mit den fünf anderen *Idis* in das *Schwarze Café* in der Kantstraße aufmachte. Sie hatten beim letzten Treffen im *Palais* beschlossen, ihnen wirklich wichtig erscheinende Dinge auf keinen Fall in den Parteizentralen oder in den Regierungsgebäuden besprechen zu wollen. Im Zentrum der Macht hatten nicht nur die Wände Ohren und man konnte nicht vorsichtig genug sein. Sie alle verfügten inzwischen über Handys, hatten sich aber nach einem Vortrag über die mangelnde Abhörsicherheit, die bei diesen Geräten herrschen sollte, angewöhnt, diese - während ihrer Gespräche - in einer von Huber mitgebrachten, dicht verschließbaren Blechschachtel zu deponieren.

Wie meistens war Huber der erste vor Ort, während die übrigen erst im Lauf der folgenden halben Stunde einzeln eintrafen. Der Kollege von der SPD grummelte – auch, wie meistens – über die Zumutung, dass man noch nicht einmal am Sonntag seine Ruhe habe. Dabei hatten sie diesen Tag ja gerade deshalb gewählt, weil die übrigen Wochentage bei allen Beteiligten stets randvoll mit offiziellen und halboffiziellen Terminen gespickt waren. Diese Veranstaltungen waren für ihr gemeinsames Bestreben besonders wichtig, denn dabei ging es fast stets um die unterschiedlichsten Anliegen aus der Bevölkerung, aber eben auch um Wünsche aus Industrie, Handel und Wirtschaft.

„So", meinte Huber, tupfte sich die Lippen ab, forderte das letzte Handy ein und schloss die Blechdose, „dann kommen wir mal zu unseren schwarzen Schafen …Von welcher Seite kam denn der stärkste Druck in der letzten Zeit?"

Es flogen Namen hin und her, oft begleitet von Schilderungen, wie man die Stimmen der Abgeordneten für die verschiedensten Anliegen hatte gewinnen wollen, und Huber machte sich ein paar Notizen. Als es in der Runde schließlich stiller wurde, schaute er auf seinen Zettel und grinste:

„Dieser Herr Mattson scheint ja wohl der Fleißigste gewesen zu sein. Der taucht immer wieder und überall auf. Ich glaube, mit dem sollten wir uns heute einmal genauer beschäftigen. Kannst du uns etwas über seinen Hintergrund sagen?"

Die Kollegin von der Linken hatte sich schon ein paar Tage zuvor auf Bitten Hubers bereit erklärt, das Internet und andre Quellen nach diesem Mann zu durchforsten und verteilte nun eine knappe Seite Informationen unter den Anwesenden, die das Schriftstück überflogen und sich nebenbei ihrem Kaffee widmeten. Nach der Lektüre begannen sich die beiden Vertreter der Regierungskoalition kopfschüttelnd über die eindeutigen Angebote des Herrn auszulassen. Die kleine Rothaarige von der Opposition klatschte die offene Hand auf den Tisch und fing mit gespieltem Ernst wieder mit dem alten Lied an, was es doch für eine unglaubliche Ungerechtigkeit sei, dass immer nur die Abgeordneten der Regierungsparteien diese freundlichen Offerten bekamen. „Zu *uns* kommen die Heinis nur, wenn es um Zweidrittelmehrheiten geht, und wann passiert das schon mal?"

„À propos ‚Heinis'…Also, um das nochmal zusammenzufassen, unser Henry Mattson ist der Sohn einer italienischen Mutter und eines amerikanischen Vaters. Geboren 1948 in Kalifornien – ha, wahrscheinlich im Silicon Valley – studierte ein paar Semester Jura und sowohl in Paris, wie auch an der TU Berlin Verfahrens- und Elektrotechnik, arbeitete immer nur kurz meistens in verschiedensten Elektronik-Konzernen und leitet seit 1988 je ein kleines PR-Büro in London namens ‚Technical Assessment Consulting (TAC)' – auf gut Deutsch in etwa: ‚Technikbewertung und Beratung', sowie ein ebenso kleines Büro hier in Berlin. Er spricht fließend Englisch, Spanisch, Türkisch und Deutsch. Er scheint für Wirtschaft und Industrie bisher sehr wertvoll gewesen zu sein, denn er wird von jener Seite immer wieder angeheuert. So, mehr habe ich nicht gefunden. Hilft uns das weiter?"

„Nur insofern, als es uns zeigt, dass er für seine Tätigkeit gut gerüstet ist."

„Umso schlimmer", meinte Huber. „Ich habe übrigens die Protokolle überflogen, wo es um die Festsetzung der Grenzwerte bei Strahlenbelastung ging, und ich muss mich da noch ein wenig tiefer einarbeiten. Kann irgendjemand von euch, oder alle zusammen, vielleicht versuchen herauszubekommen, bei wem und mit welchen netten Angeboten dieser Mattson sonst noch vorstellig geworden ist? Vielleicht sind ja auch noch ein paar weitere Damen und Herren mit dem gleichen Anliegen unterwegs ... Gut, was hätten wir denn sonst noch so?"

Man kam auf andere, sogar diesen Neulingen bekannt gewordene Kontakte mit verschiedensten Lobbyisten zu sprechen, wo versucht worden war, mit unlauteren Mitteln Einfluss zu nehmen. Es hatte schon in jener, sich erst kurz im Amt befindlichen Regierung Fälle gegeben, da waren Abgeordnete aller im Bundestag vertretenen Parteien bereits von den verschiedensten Seiten unter Druck gesetzt worden. Normalerweise geschah so etwas sehr diskret, zumeist bei privaten Treffen mit einem gemütlichen Abendessen, aber einmal hatte ein Vertreter der deutschen Wirtschaft einem Abgeordneten der Regierungspartei ganz offen gedroht und war anschließend im Suff sogar handgreiflich geworden. Die Empörung über ein solches Vorgehen, das allerdings eine absolute Ausnahme darstellte, wallte hoch bei den sechs frisch gebackenen MdBs, aber schließlich wollte die Hälfte der Anwesenden endlich ein paar freie Stunden vom Wochenende haben und man vertagte sich auf vier Wochen später.

Noch in der gleichen Nacht rief Huber seinen alten Freund Dr. Geissen in Oberbayern an und führte mit ihm ein längeres Gespräch. Danach erhielt die Bereitschaft im Bundesarchiv einen umfangreichen Kopierauftrag....

* * *

In Mattsons Londoner TAC-Büro nahm die Sekretärin einen Anruf aus Berlin entgegen:

„I'm afraid, Mr. Mattson is not in for the time being … Sorry, no... You call from Berlin?... Well, as far as I'm informed, Mr. Mattson *is* in Berlin at the moment... Yes, you may contact him at the Berlin Hilton... Well, early in the morning or in the late afternoon... Yes, don't mention it... and thanks for calling us."

Am frühen Abend des gleichen Tages wartete Mattson auf einer Bank am *Neuen See* auf einen Mitarbeiter des Bundesarchivs. Ungeduldig klickte er mit dem Antennenstummel zwischen seinen Zähnen, aber das Warten sollte sich lohnen, denn, als der Erwartete endlich kam, erhielt der Lobbyist eine überraschende Information. Ein Umschlag wechselte den Besitzer und Mattson eilte zurück in sein Hotel. Auf dem Weg rätselte er hin und her, was die Information für ihn wohl bedeuten mochte, kam jedoch zu keinem endgültigen Schluss, weshalb er sein Büro in London anrief, mit der Bitte, alles über eine Firma in Bayern namens GX-Tec herauszufinden und ihm die Ergebnisse zu mailen. Als ihm ein paar Tage später die gesammelten Informationen übermittelt worden waren, bat er Frau Andeler um eine Besprechung. Sie ließ sich genau berichten und schließlich erhob sie sich mit den Worten „GX-Tec Burghausen also… Gut, ich werde sehen, ob sich da von unserer Seite aus etwas machen lässt. Ich informiere Sie, sobald etwas arrangiert ist."

* * *

Mattsons Bemühungen in Sachen HF-Grenzwerte hatten ihm zwar einige wohlmeinende Ohren geöffnet, aber er hatte es bisher nicht geschafft, dass das Thema zur Kabinettsvorlage erhoben wurde. Zwischendurch war er auch noch in anderen Bestrebungen, besonders solchen der Pharma-Industrie – einer seiner Dauer-Auftraggeber - tätig gewesen, musste sich nun jedoch auf Druck der Frau Andeler wieder mit der Handystrahlung befassen. Er nahm einen erneuten Anlauf, bestellte sich für elf Uhr abends ein Taxi und klapperte einzelne Nachtlokale ab, von denen er wusste, dass sich ab und zu ein paar MdBs dort zu entspannen pflegten. Er brauchte nicht hinein zu gehen, ein Geldschein dem Türsteher in die Hand gedrückt, versorgte ihn mit der Auskunft, ob, und wenn ja, wer von den Politikern sich eventuell gerade dort aufhielt. Aber er hatte kein Glück. Es war ihm schon klar, dass die Dinge nicht mehr so einfach waren, wie in den frühen neunziger Jahren. Allzu viel war über das ausschweifende Nachtleben von Ministern und Abgeordneten zu jener Zeit in die Presse gedrungen und hatte selbst die lebenslustigsten unter den Politikern und Politikerinnen vorsichtiger werden lassen. Außerdem - und dies hatte der Lobbyist mit eigenen Augen gesehen als er eine ‚Audienz', wie er es nannte, im Büro eines Abgeordneten zugestanden bekommen hatte: Die Terminkalender der Politiker waren vom frühen Morgen bis oft spät in die Nacht voll belegt. Wie der Rest der Bevölkerung unterlagen sie offenbar ebenfalls einem immer stärker werdenden beruflichen Druck und ihre Aufgaben und Verpflichtungen hatten sich – besonders vor Wahlen, und wann fanden schon einmal *keine* Wahlen statt – enorm vermehrt. Wahrscheinlich war jeder froh, wenn er für ein paar Stunden ins Bett kam, allein oder zu zweit – egal – jedenfalls waren die meisten wohl kaum noch zu einem nächtlichen Lotterleben in irgendwelchen Bars bereit oder in der Lage. Dicht gedrängte Termine hielten auch sie fest im Griff. Ja, das Leben war nicht leichter geworden. Bei anderen Aufträgen war Mattson schon dazu übergegangen, die einzelnen Abgeordneten in ihrem jeweiligen Heimat-Wahlkreis aufzusuchen. Da – so schien es ihm wenigstens – hatte er bessere Chancen, Gehör zu finden, aber dieses Vorgehen war recht aufreibend für ihn. Schließlich musste er in der gesamten Republik herumreisen, nur um dann pro Tag ein oder zwei Sprechstunden besuchen zu können. Hoffentlich drohte ihm dies nicht auch bei seinem aktuellen Auftrag.

Er dachte verbittert an jenen Vormittag zurück, an dem ihn einer der Politiker glatt ins Gesicht gelacht hatte: „Mein Gott, Herr Mattson, Ihre Auftraggeber sollten ein wenig mit der Zeit gehen. Das läuft doch heutzutage anders. Leisten Sie sich einen ausgeschiedenen Minister oder Abgeordneten und holen Sie ihn mit einem fetten Aufsichtsratsgehalt in die Firma. Der kann dann ganz locker all seine privaten Kontakte und früheren Verbindungen spielen lassen. Sind da nicht noch einige von den Liberalen auf dem Markt? Oder sind die schon alle untergekommen?" Und dann hatte er ihm bedeutet, dass er keine Zeit mehr habe, und Mattson konnte gerade noch den Satz anbringen: „Aber, bitte, lesen Sie freundlicherweise unsere Eingabe und lesen Sie sie *wohlwollend*, ich bitte Sie darum." Noch nicht einmal das Argument von zu sichernden oder neu zu schaffenden Arbeitsplätzen konnte manche gehetzten Mitglieder des Bundestages geneigter machen, sich auf längere Gespräche einzulassen. ‚Alle getrieben von Digitalisierung und Globalisierung', dachte Mattson, ‚seit *die* auf der Agenda stehen, läuft kaum noch was rund.' Beide Begriffe waren für ihn innerlich schon zu Obszönitäten geworden…

* * *

Sie hatten sich zum Frühstück im Hinterzimmer des *Einstein* in der Kurfürstenstraße getroffen, ihre Handys in der Blechbüchse verstaut und ein neu hinzugekommener junger Kollege von den Grünen lächelte etwas verschämt, als er auch seinen kleinen Wanzen-Scanner in die Blechschachtel legte.

„Mann! Langsam werden wir jetzt paranoïd", schüttelte der Kollege von der SPD den Kopf.

„Das ist *überhaupt nicht* paranoïd", verteidigte sich der Grüne. „Dies hier ist bekannt als Frühstückslokal von Politikern und damit prädestiniert für jeden Lauschangriff, egal von welcher Seite."

„Ist ja schon gut", beruhigte Huber den jungen Kollegen. „Ich weiß inzwischen auch nicht mehr, wo man noch offen sprechen kann und wo nicht. Kommt her, setzen wir uns. Gibt's was Wichtiges?"

„Gibt's irgendwas, was *nicht* wichtig ist?", brummte der Kollege von der SPD. „Demnächst werden wir noch eine Verordnung erarbeiten, wie ledige Mütter ihren Säuglingen den Hintern wischen müssen." … und dann redeten sie fast eine halbe Stunde lang nur über die irrsinnige Gesetzesflut, die alljährlich die Dämme des ‚hohen Hauses' durchbricht und so manchen Bürger ertrinken lässt. Als einer der Anwesenden auf Paragraph 41 der Straßenverkehrsordnung hinwies, demzufolge ein eingeschränktes Halteverbot nicht für Blinde gilt, gab es eine Lachsalve und der Kollege von der SPD wies darauf hin, dass es doch schon immer so war. „Denkt doch nur an Bismarcks Ausspruch: Wer weiß, wie Gesetze und Würste gemacht werden, kann nachts nicht mehr ruhig schlafen.“

Huber meinte schließlich: „Das ist ja alles gut und schön, aber hat das etwas mit unserer speziellen Zielsetzung zu tun? Ist der Mattson noch einmal auffällig geworden?“

„Ja“, kam es von zwei Seiten. „Bei mir hat er es mit einem dicken Umschlag versucht. Ich habe ihn aber sehr frustriert!“

„Kann man *den* denn *frustrieren*?“

„Ich habe in den Umschlag reingeschaut und dann meine Sekretärin gerufen und sie gebeten, das als anonyme Spende einer Sportstiftung zukommen zu lassen.“

„Klasse“, meinte Huber, „und was hat Mattson dazu gesagt?“

„Geschluckt hat er, aber ist dann ohne ein weiteres Wort gegangen.“

„Bei mir hat er auch auf Granit gebissen, aber er hat fallen lassen, dass er bei den anderen Kollegen durchaus ein offenes Ohr gefunden habe.“

„Das muss man dem nicht unbedingt glauben.“

„Liebe Freunde“, meinte Huber. „Wir sind zwar immer noch relativ neu in Berlin, aber jeder von uns bringt doch schon einige Jahre Erfahrung aus dem politischen Geschäft mit, sei es auf kommunaler oder auf Landesebene. *Wem*, bitte schön, kann man denn überhaupt *glauben*? Aber hier geht es doch nicht um *glauben*. Es geht auch nicht um *Wahrheit* … der *Wahrheiten* gibt es *viele*. Wenn ich das richtig sehe, haben *wir* uns doch nur zusammengefunden, weil uns das Gemauschel stinkt. Wir wollen dem politischen Geschäft ein wenig mehr *Würde* und *Transparenz* geben. Es geht uns doch allen – ja, ich traue mich kaum, das auszusprechen, aber es ist doch hoffentlich so - es geht uns hier doch um eine etwas gefestigtere *Ethik*, um nicht zu sagen *Moral* in unserem Job: Erstens, weil wir vielleicht noch ein wenig idealistischer sind als unsere altgedienten und wahrscheinlich weitgehend desillusionierten Kollegen und zweitens, weil wir befürchten, irgendwann auch noch den letzten Rückhalt in der Bevölkerung zu verlieren. Ja, die Politik *ist* eine Hure, aber …"

„Au Mann", kam es vom Kollegen der Sozialdemokratie, „komm uns doch nicht mit diesen alten Sprüchen."

„Na, hör mal", kam es von Links, „das ist eine furchtbare Beleidigung für unsere armen Huren… Klar, die verkaufen sich, aber sie verkaufen nur etwas, was ihnen selbst gehört, womit sie also eigentlich tun und lassen können, was sie wollen… Aus tiefem Verständnis für Käuflichkeit haben Staat und Kirche nie etwas wirklich Entscheidendes gegen die

Huren getan. Viele andere schändliche Facetten eines Politikers ließ der alte Grieche mit seinem Bonmot dabei aber völlig unbeachtet: Lug, Trug, Bestechlichkeit, Oppression bis hin zu physischen wie auch psychischen Quälereien und nicht selten Mord und – im Krieg – sogar Massen- und Völkermord. Welche Hure kann sich schon solcher Leistungen rühmen. Nicht einmal ein Banker ist so negativ besetzt wie ein Politiker … und *da* hast du *recht*. Gegen *dieses* Image versuchen wir, etwas zu tun." Die Kollegin lehnte sich völlig erschöpft zurück auf ihrem Stuhl.

„Kennst dich ja gut aus mit den Huren", grinste der Sozi. „Und mit den Politikern", setzte der Grüne hinzu.

„Schluss jetzt! Das bringt uns doch nicht weiter", klatschte Huber mit der Hand auf den Tisch. „Kommen wir wieder zur Sache: Ich habe mich also über diesen ganzen Frequenzenquatsch genauer informieren lassen. Es sieht so aus, als hätten wir – beziehungsweise die damalige Mehrheit - bei der Festsetzung der Grenzwerte ganz schön geschludert. Ich habe ein unabhängiges Institut beauftragt, die damals vorliegenden Entscheidungsgrundlagen noch einmal genauestens zu überprüfen und bekomme demnächst Bescheid. Auf jeden Fall: Bevor das Thema eventuell noch einmal ins Plenum kommt, werdet ihr von mir ein detailliertes und vor allem *verständliches* Handout bekommen. Soweit ich das bis jetzt in Erfahrung bringen konnte, sollte dieser vermaledeite Grenzwert auf keinen Fall erhöht, sondern eher gesenkt werden. Jedenfalls werde ich euch dann bitten, das Papier in eueren Fraktionen zu verteilen.“

„Und ich“, meinte die Kollegin von der Linken, „ich bin einer neuen Schweinerei auf der Spur…“

* * *

Dr. Michael Brunner hatte sich, was er bei schönem Wetter im Sommer fast immer tat, mit dem Fahrrad in die Firma begeben. Seine Sekretärin war bereits anwesend und telefonierte. Sie gab ihm ein Zeichen und sagte: „Moment, Herr Direktor, er kommt gerade zur Tür herein.“ Sie reichte ihm den Hörer und der Chef bat Dr. Brunner dringend, noch am gleichen Vormittag zu ihm hinauf zu kommen, „Aber bring Dir viel Zeit mit… und… es ist dringend“, und damit legte er auf. Michel schaute die Sekretärin an:

„Wissen Sie, worum es geht?“

„Keine Ahnung. Aber es scheint ihm äußerst wichtig zu sein.“

„Haben wir irgendwas verbrochen?“

„Aber, Herr Doktor! *Wir* doch nicht!“

„Na, dann lassen wir uns mal überraschen.“

38

Brunner ging ins benachbarte Zimmer an seinen Schreibtisch, schaute auf seinen Terminkalender, stöhnte auf und bat dann die Sekretärin, alle drei Treffen vom Vormittag abzusagen. „Übrigens… beim Landrat… lassen Sie sich, bitte, einen neuen Termin geben, möglichst noch in dieser Woche." Er ging dann noch hinüber in das ihm unterstellte Labor, besprach ein paar Kleinigkeiten mit seinen Mitarbeitern und machte sich danach auf in den vierten Stock, ins Allerheiligste des Instituts. Die Chefsekretärin meinte, er solle gleich hineingehen, der Chef warte schon auf ihn, und, nein, sie wisse auch nicht, worum es ging. Brunner klopfte kurz an und öffnete die Tür.

„Grüß dich, Xaver. Wo brennt es denn?"

Dr. Xaver Geissen deutete auf die Sitzecke: „Setz dich erst einmal hin." Er stand auf, holte einen Aluminiumkoffer unter dem Schreibtisch hervor und setzte sich Michel gegenüber an den Couchtisch.

„Woran arbeitest du gerade?"

„Na, du weißt es doch eh, die Emissionsgutachten für ACF, am Faradayeffekt in Fahrkabinen, an unserem Dauerbrenner, der drahtlosen Energieübertragung, und dann noch ein paar unbedeutendere Kleinigkeiten aus der hiesigen Wirtschaft."

„Gut. Irgendetwas dabei, das ohne dich *überhaupt* nicht läuft?"

„Wieso? Willst du mich feuern?"

„Quatsch! Schau her", und er öffnete den Alukoffer. Darin befanden sich mehrere dicke Aktenordner, jeder mit mindestens fünfhundert Seiten. „Ich möchte, dass du dich in der nächsten Zeit ausschließlich *hiermit* befasst, und ich sage gleich dazu: Das ist streng vertraulich. Also, ich meine das ernst, es darf vorerst nichts nach außen dringen. Du übernimmst ab sofort das L12, du weißt schon, das Labor unten im Keller, und wenn du etwas brauchst, Leute oder Material, dann wende dich, bitte, direkt an mich persönlich. Du bekommst dann alles, was du brauchst. Kannst du das bitte übernehmen?"

„Mein Gott, Xaver, sag mir doch erst einmal, worum es da geht. Klingt ja fast nach Atombombe."

„Es könnte schlimmer sein! Aber bevor ich dich informiere, muss ich wissen, ob du alles andere liegen lassen, beziehungsweise delegieren kannst."

„Na ja, kein Mensch ist unersetzlich. Der Lindinger kann das übernehmen, der hat mich ja schon des Öfteren vertreten, und wenn der nicht weiter weiß, kann er mich ja immer noch fragen, oder?"

„Gut. Sprich das, bitte, mit ihm ab. Also: Die Bundesregierung hat vor Jahren aufgrund all der in diesem Koffer befindlichen Gutachten und Untersuchungen die höchstzulässigen Grenzwerte für die Handystrahlung festgesetzt. Da sind jetzt offenbar Zweifel aufgekommen. Jedenfalls wird es Deine

40

Aufgabe sein, das alles hier zu überprüfen. Ich hatte neulich Abend einen Anruf aus dem zuständigen Referat in Berlin und am nächsten Morgen um halb sieben stand ein Kurier vor der Tür und hat mir den Koffer mit allen Kopien der betreffenden Vorgänge hier übergeben. Es scheint denen da oben verdammt eilig zu sein.“

„Und wie kommen *wir* plötzlich zu der Ehre?“

„Ich werde dir keine Namen nennen, aber ich habe einen alten Freund, der nach der letzten Wahl dort oben gelandet ist. Er vertraut *mir*, und ich vertraue *dir*. Ich bitte dich, übernimm die Sache und arbeite so sorgfältig wie möglich, aber das sollte ja sowieso selbstverständlich sein. Übrigens – egal, was dabei herauskommt – dieser Auftrag bringt uns allerhand ein, aber, wie gesagt, Verschwiegenheit ist oberstes Gebot. … Kann ich mich auf dich verlassen?“

„Natürlich, das weißt du doch. Aber – unter dieser Voraussetzung der absoluten Geheimhaltung – ich muss mir doch den einen oder andren Mitarbeiter aussuchen können, oder?

„Natürlich, da hast du völlig freie Hand. Hast du da schon jemanden im Auge?“

„Noch nicht. Da muss ich erst einmal das Material sichten.“, und er wies auf den Koffer. „Ist im L12 ein Tresor?“

„Soweit ich weiß, ja. Wenn nicht, dann bekommst du einen.“

„Na gut, dann versteck das Köfferchen mal wieder, bis ich es abhole. Ich werde mich zunächst im L12 umsehen. Einverstanden?“

„Ich bin froh, dass du das übernimmst. Ich wüsste keinen besseren.“

„Nun schmier mir mal keinen Honig ums Maul. Vielleicht gebe ich dir den Auftrag wieder zurück. Kann ja sein, dass ich mich überfordert fühle.“

„Hör bloß auf. Lass mich ja nicht im Stich! … Hol dir beim Maxl alle verfügbaren Schlüssel für das Labor. Schlimmstenfalls lass ein neues Schloss einbauen. Und wenn irgendwas ist…“

„Ich weiß, dann komm ich zu dir!“

* * *

Eine Stahltür mit dahinterliegendem, mehrfach rechtwinkelig abgeknicktem Gang und schließlich einer dicken Drucktür führte nach unten in das L12. Brunner betrat eine ‚Suite‘ von mehreren unterschiedlich großen Räumen. Durch eine Diele mit Garderobe, Duschraum und WC gelangte er in einen Aufenthaltsraum mit Kochnische, dahinter in ein Büro, in zwei Arbeitsräume – die eigentlichen Laboratorien – in einen Abstellraum und einen Maschinenraum mit zwei starken Stromgeneratoren. Alles

42

außer dem Aufenthaltsraum war sehr sparsam und zweckmäßig möbliert. Im Büro standen vier aneinandergerückte Schreibtische und ein in die Wand eingelassener Safe. Schlüssel dazu? Brunner schaute in alle Schränke und Schubladen, fand nichts dergleichen und rief Maxl, den Hausmeister herunter. Der kam gleich darauf mit einer Schachtel voller Schlüssel. Sie fanden nicht, was sie suchten, und Michael erkundigte sich, wer dieses Labor zuletzt benutzt hatte. Der Hausmeister war sich nicht sicher, meinte aber, das sei bestimmt schon länger als ein Jahr her, dass hier unten überhaupt gearbeitet worden sei. Er ging kurz nach oben und schaute in seinem Hauptbuch nach.

„Ja", sagte er, als er wieder unten war, „vor eineinhalb Jahren, der Herr Dr. Rausch. Aber der ist doch vor ein paar Monaten in Rente gegangen."

„Dann muss ich den *Rauschi* mal anrufen. Übrigens, haben wir für diese Räume hier eine zuverlässige Putzfrau?"

„Nein, hier unten ist schon ewig niemand mehr reingekommen, auch nicht zum Putzen… Sie wissen ja, seit wir mit dieser externen Putzfirma zusammenarbeiten… "

„Schon klar. Aber alles sieht hier so erstaunlich sauber aus." ‚Nun ja,', erinnerte er sich, ‚das Ganze war ja als Reinst-Anlage konzipiert worden, da kam schließlich nur gefilterte Luft herein.'

„Ziemlich unheimlich hier unten, beinahe wie im Gefängnis“, meinte der Hausmeister. „Aber, wenn Sie keine externen Putzfrauen hier drin haben wollen… ich könnte meine Frau mal fragen…“

„Das wär’ vielleicht eine gute Idee, darauf komme ich eventuell zurück. Na, dann gehen wir mal wieder.“

In den folgenden Wochen setzte sich Brunner mit einzelnen Akten aus dem Regierungskoffer auseinander, merkte aber bald, dass er auf bestimmten Gebieten nicht kompetent genug war. Aus diesem Grund wandte er sich an Geissen mit der Frage, ob sie in der Belegschaft jemanden hätten, der oder die sich nicht nur mit Physik und Chemie, sondern darüber hinaus auch gut mit Biologie auskenne.“

„Du suchst eine eierlegende Wollmilchsau… da sehe ich schwarz.“

„Na gut“, meinte Brunner, „ein Bio-Chemiker täte es zur Not auch, die Physik wäre dann meine Sache.“

„Okay“, runzelte Geissen die Stirn, „du kannst ja selbst in der Personalabteilung einmal nachfragen, ich glaube aber nicht, dass im Betrieb so ein Allrounder aufzutreiben ist, *ich* jedenfalls wüsste niemanden und wir kennen doch die meisten unserer Kollegen einigermaßen. Schlimmstenfalls müssen wir jemanden einstellen. Sag mir Bescheid, wenn du klar siehst.“

* * *

Irgendjemand quetschte sich neben ihn:

„Keine Lust zu tanzen?"

„Hmmpf", Michael versuchte, kurzzeitig seinen Blick scharf zu stellen. Immerhin erkannte er neben sich – wie der Stimme nach schon vermutet – ein weibliches Wesen. Seine Augen verließen ihn wieder. Konnte man ihn denn nicht in Ruhe sein Glas Sekt trinken lassen? Er schüttelte etwas schwerfällig den Kopf, parkte sein Kinn schließlich wieder auf der inzwischen schlecht sitzenden, weinroten Fliege und fand es störend, dass die Dirndlschürze der Barfrau immer wieder durch sein verschwommenes Blickfeld wischte. Er leerte sein noch halbvolles Glas, wobei der Barhocker erneut seiner linken Backe auswich, was die Gestalt neben ihm zu der Bemerkung veranlasste: „Na… wohl besser nicht". Dann bestellte die Stimme einen Sekt mit Orangensaft und einen starken Kaffee. Als letzterer kam, schob sie ihn Dr. Brunner hin und meinte: „Vielleicht hilft das."

Michael fand dies zunächst sehr aufdringlich, wurde sich dann allerdings seiner bleiernen Müdigkeit bewusst und griff wortlos nach der Tasse.

„Vorsicht, der ist heiß", kam es von rechts.

„Ja, Mama", war seine unwirsche Reaktion.

Das Weib lachte, bestellte einen weiteren Kaffee und schob ihn wieder dem sich an der Theke abstützenden Michael hin.

„’soll denn das?“, fragte er noch immer nicht wirscher.

„Ich hab mir das in den Kopf gesetzt.“

„Was?“

„Ich will mit meinem neuen Kollegen tanzen!“

„Na dann … tun Sie sich, bitte, keinen Zwang an.“

„Mein Gott! Erkennen Sie mich denn nicht wieder? Bin ich wirklich so eine graue Maus?“

„Wiedererkennen?“, Dr. Brunner griff in die Brusttasche, förderte seine Brille zutage, setzte sie umständlich auf und schaute der Dame ins Gesicht.

„Na? Dämmert’s?“

Michael schüttelte wieder den Kopf, trank den zweiten Kaffee in einem Zug aus und schaute die junge Frau genauer an.

„Sehr verehrter Herr Doktor Brunner, ich bin doch Ihre neue Mitarbeiterin, Sie haben mich gestern Morgen noch sehr herzlich im Institut begrüßt!“

„Frau…“

„Hartung, Sandra Hartung!“

„Ach… mein Gott, entschuldigen Sie, das tut mir leid, Frau Kollegin“, entfuhr es ihm in ehrlichem Bedauern. „Sie sind aber auch nur schwer wiederzuerkennen in diesem Aufzug.“

„Tscha, Kleider machen ebend Leute! Entschuldigung angenommen! Aber, ich hätte Sie beinahe auch nicht wiedererkannt. Sie sehen ganz schön kaputt aus.“

„Bin ich auch. War eine grauenhafte Woche, besonders gestern, und heute war es auch nicht viel besser.“

„Heute? Haben Sie denn gearbeitet? Heute ist doch Samstag.“

„Ich habe selten einmal ein ruhiges Wochenende… aber lassen wir das, Sie sind doch hergekommen, um sich zu amüsieren.“

„Sie nicht?“

Er war nicht gekommen um zu tanzen. Im Gegenteil. Er erschien zwar alljährlich hier im Stadtsaal zum Wohltätigkeitsball. Fast immer war er mit einem alten Freund aus Studientagen hier verabredet gewesen, und beide hatten sich meistens recht erfolgreich um die ‚Hopserei‘ drücken und in Erinnerungen schwelgen können, aber an jenem Abend hatte der Freund ihn im Stich gelassen. Er hatte sich kurz vor Beginn, als Michel bereits im Smoking gesteckt hatte, telefonisch entschuldigt. Michael hatte dann überlegt, ob er allein überhaupt zu dem Ball gehen sollte, denn er selbst war nach einer Woche intensivster Arbeit einigermaßen ausgelaugt gewesen und hatte eigentlich überhaupt keine Lust, sich allein in das zu erwartende Gedränge zu stürzen.

Aber nun war er schon einmal umgezogen, tröstete sich mit dem Gedanken, dass die Bar dort ja immer für einsame Herzen zur Verfügung stand, und hatte sich vorgenommen, nicht allzu alt zu werden bei dieser Veranstaltung. Nun, es schien anders zu kommen…

Er versuchte, seine Müdigkeit und die Gedanken an die grauenhafte, hinter ihm liegende Woche in der Firma abzuschütteln. Alles war drunter und drüber gegangen. Was hatte schief gehen können, war schiefgegangen. Er wollte jetzt gar nicht mehr im Einzelnen daran denken. Alles, was geschehen war, ließ sich unter Begriffen wie ‚Schlamperei‘, ‚Konzentrationslosigkeit‘, ‚Wurstigkeit‘ oder Ähnlichem einordnen. Seine sonst so zuverlässige Sekretärin hatte er angefaucht, nachdem er ihr einen Schriftsatz viermal hatte zurückgeben müssen: „Ich komme mir hier langsam vor wie bei Alzheimers!“. Ja, und nun erinnerte er sich auch vage an das Gesicht der neuen Mitarbeiterin, die der Chef hocherfreut durch die einzelnen Abteilungen geführt hatte, um ihr das Institut zu zeigen und sie schließlich in Brunners Abteilung mit dem Bemerken abzusetzen, dass dies hier ihr neuer Arbeitsplatz sei. Brunner hatte sich zwar erfreut gezeigt, sie dann aber gleich an Lindinger weitergereicht, denn er selbst war in dem ungewöhnlichen Chaos des Tages mit einer wichtigen anderen Angelegenheit beschäftigt gewesen. „Wir unterhalten uns dann später“, hatte er zu ihr gesagt nur, um gleich darauf den einzig erfreulichen Augenblick jenes vermaledeiten Freitags völlig zu vergessen.

„Danke übrigens für den Kaffee. Kann ich mich irgendwie revanchieren? Noch ein Orangensekt vielleicht?“

„Nein, danke, jetzt noch nicht. Aber Sie wissen ja, was ich gerne täte.“

„Na gut, es soll mir ein Vergnügen sein“, log er, ohne rot zu werden. „Darf ich bitten?“

Dank des Koffeinschubs waren zumindest ein paar seiner Lebensgeister wieder erwacht und ehe er die neue Kollegin zur Tanzfläche führte – oder, besser gesagt – ehe sie *ihn* bei der Hand hinter sich her zog, band sie ihm noch die Schleife zurecht. Er kam sich dabei ein bisschen dämlich vor und grinste über seinem hochgereckten Kinn dümmlich die Barfrau an.

Während der paar Schritte von der Bar im Treppenhaus, durch die hohe Flügeltür in den Saal hinein und an einigen Tischen vorbei bekam er plötzlich Bedenken, was seine Tanzkünste anbelangte. Früher, vor etwa zwanzig Jahren, hatte er sehr gern getanzt, hatte sogar einmal an einem kleinen Turnier teilgenommen, das man zur Abschlussfeier eines

Tanzkurses abgehalten hatte, aber das war so lange her. Am Rand der Tanzfläche wollte er beinahe noch zögernd den Rückzug antreten, aber die neue Kollegin schwang sich mit einer gekonnten Drehung in seine Arme und schon machten seine noch etwas unwilligen Beine die ersten Schritte. Gott sei Dank spielte die Band gerade einen Slowfox, da konnte er nicht viel falsch machen, und als er spürte, dass seine Partnerin eine ausgezeichnete Tänzerin zu sein schien, da begann es ihm langsam Spaß zu machen.

„Ha, Dresen!", lachte er, als sie sich plötzlich beide mitten in einem flotten Quickstepp bewegten.

„Hab ich auch gerade gedacht", und schon zog sie ihn wieder in das muntere Chassé.

Knapp drei Minuten später stand er ziemlich atemlos vor ihr und stieß hervor:

„Ich wusste gar nicht, dass ich das noch kann!"

„Sowas verlernt man nicht", pustete sie etwas besser in Form. „Aber kommen Sie, da müssen wir uns ja echt unterhalten", und sie zog ihn zu einem Tisch, wo sie ihren Platz hatte.

„Wie kommen Sie ausgerechnet auf Dresen?"

„Weil ich da zur Tanzstunde gegangen bin und Sie offenbar auch!"

„Die Welt ist ein Dorf… Aber komisch, nicht? Dass man das so sehr merkt."

„Ja, das ist eine echte Prägung", offenbar gab es
da eine Art Handschrift, die der Tanzlehrer bei seinen Schülern hinterlässt. Er hatte damals nur sehr
ungern mit Mädchen getanzt, die bei von Kayser –
nein, da hieß die Tanzschule schon ‚Fern' – gelernt
hatten. Mit den Dresen-Mädchen, das war irgendwie… so vertraut… „Aber, sagen Sie, wann waren
Sie denn dort, Sie sind doch ein ganzes Stück jünger
als ich. Gibt es diese Tanzschulen überhaupt noch?"
Und dann gab es eine Menge zu erzählen über
die gemeinsame Heimatstadt und die individuellen
Karrieren, und immer wieder drängte es sie auf die
Tanzfläche, um sich dort diesem neuen Gefühl ge-
meinsamer Leichtigkeit hinzugeben. Als Michel
sich vor ihrem Hotel, dem Bayrischen Hof, quer gegenüber dem Stadtsaalgebäude verabschiedete, be-
dankten sie sich gegenseitig für den schönen Abend
und er fügte noch hinzu: „Das war ja so richtig schön
nostalgisch… wir sehen uns dann in der Firma, vielleicht …" Er sprach nicht weiter. ‚Erst mal sehen,
was Geissen dazu meint', dachte er bei sich. Zwei
oder drei Luftbussis entließen Sandra ins Hotelbett
und Michel nahm ein Taxi hinauf in die Neustadt in
seine ihm plötzlich sehr öde vorkommende Single-
bude.

* * *

Michael hatte den gesamten Sonntag über abwechselnd geschlafen, ferngesehen und zwischendurch ein paar Käsebrote vertilgt. Der ‚Tatort' im Ersten reizte ihn nicht, also ‚Rosmunde Pilcher' – man sah ja sowieso besser auf dem Zweiten… Gähn… Nach fünf Minuten schon war klar, dass der böse Immobilienmakler abserviert und wer letztendlich wen ehelichen würde… RTL war wieder einmal unterirdisch, und als er ein paar Stunden später im Sessel wieder aufwachte, lief irgendein, bestimmt nicht jugendfreier Krimi. Er schaltete ab und verzog sich mit schmerzendem Genick wieder ins Bett. Irgendwie freute er sich auf den nächsten Tag im Institut und fühlte mehr, als dass es ihm bewusst war, dass diese Vorfreude vielleicht etwas mit der neuen Mitarbeiterin zu tun haben könnte. Nach so viel Ruhe erwachte er am nächsten Morgen seit längerer Zeit wieder einmal völlig entspannt, befand sich kurze Zeit später - so früh wie selten - an seinem Schreibtisch im Institut und fühlte sich irgendwie … sehr kräftig. Es war dieses Gefühl, das er aus der Jugendzeit kannte, wenn er mit Freunden aus einem Western kam: Brustkorb und Schultern aufgeblasen, einen etwas staksigen, breitbeinigen Gang, die Ellenbogen leicht nach außen gedreht mit Händen, die über dem Gürtel schwebend nur darauf warteten, jederzeit ‚den Colt zu ziehen'. Er lächelte vor sich

52

hin: „Wie hatten sich eigentlich die Mädchen nach einem der James-Bond-Klassiker gefühlt?", darüber hatte er noch nie nachgedacht.

Seine Sekretärin war nicht da, also machte er sich seinen Morgenkaffee selbst und aß ein paar Kekse dazu. Neugierig fuhr er den Rechner hoch, ging ins Internet und suchte selbst nach Ergebnissen zu Dr. *Sandra Hartung*. Er fand kaum etwas Persönliches, sie hatte keine Homepage, nicht einmal eine Adresse oder Telefonnummer war zu finden, dafür jedoch eine Anzahl kürzerer Veröffentlichungen zu Hochfrequenztechnik in Verbindung mit Bioresonatoren. Stets ging es dort um den Einfluss technischer Strahlung auf den Organismus von Lebewesen und die Autorin hob sich dabei in ihrer strengen Wissenschaftlichkeit wohltuend von den unzähligen, oftmals rein spekulativen und hypothetischen Beiträgen ab, die sich zumeist stark aus esoterischem Gedankengut nährten. Sie kam aber häufig zu den gleichen Ergebnissen. Michel ließ sich dann von der inzwischen eingetroffenen Sekretärin die persönlichen Unterlagen Sandras holen und war von ihrem darin befindlichen Lebenslauf regelrecht begeistert. Auch hatte sie von mehreren Arbeitgebern nur tadellose Zeugnisse aufzuweisen, obwohl dies nicht allzu viel bedeuten musste, denn man formulierte oftmals sehr gute Beurteilungen, um jemanden möglichst schnell loszuwerden, was besonders häufig im Staatsdienst der Fall war.

Der Vormittag ging schnell vorüber und er wollte noch vor dem Essen mit Geissen reden. Also fuhr er mit dem Lift hinauf in den vierten Stock und hatte Glück: Der Chef hatte Zeit für ihn.

„Na, gibt's Probleme?", wurde er begrüßt.

„Nein, eigentlich nicht. Du hattest mir versprochen, dass ich mir meine Mitarbeiter für das Berliner Projekt selbst aussuchen darf."

„Natürlich, und dabei bleibt es auch. Hast du noch jemanden Spezielles im Auge?"

„Ja, ich glaube schon. Diese neue Kollegin, die du uns vorige Woche vorgestellt hast, die Frau Dr. Sandra Hartung, wäre wohl prädestiniert für diesen Job. Der sind ja hier praktisch alle Kollegen noch fremd, da gibt es noch keine Busenfreunde und Ratschkontakte. Kannst du *die* für mich abstellen?"

„Na, sag mal, die habe ich doch extra deinetwegen eingestellt, und du hast sie doch gleich an deinen Mitarbeiter… diesen Lindinger verwiesen. Hast du dich denn noch nicht mit ihr unterhalten? Sie wurde mir vom Dachverband empfohlen und scheint eine äußerst fähige Person zu sein. Sie deckt mit ihren Wissensgebieten eigentlich alles ab, was du brauchen kannst, oder?"

„Herrgott, du musst entschuldigen, aber irgendwie hatte ich da wohl was nicht richtig mitbekommen.“

„Schon gut, ist ja nichts passiert… Aber mit *dir*
ist doch alles in Ordnung, oder?“ Geissen musterte
Brunner scharf.

„Passt schon. Aber sag mal, was war eigentlich
am Freitag los? Ich hatte den Eindruck, dass an dem
Tag alles im Haus drunter und drüber ging. Der
ganze Laden war wie verhext. Alle waren irgendwie
völlig durcheinander, unkonzentriert und zum Teil
übel gelaunt. War da irgendetwas Besonderes vorgefallen?“

„Ich weiß, was du meinst. Du, das bleibt aber
jetzt unter uns, es wissen sowieso schon zu viele davon… Im L8 war ein Hochfrequenzgenerator durch-
gegangen. Die hatten da herumexperimentiert, und
als sie merkten, dass etwas aus dem Ruder lief, haben sie fluchtartig den Raum verlassen. Die Türen
blieben offen und erst ein paar Minuten später kam
endlich einer auf die Idee, das Not-Aus zu betätigen.
Das war ein echter Strahlenunfall. Fast allen dort
war kotzübel und das hat sich erst nach ein paar
Stunden wieder gelegt.“

„Verdammt, wie konnte denn *das* passieren?“

„Mein Gott, ein Relais war kaputt, dazu noch ein
wenig menschliches Versagen, und schon hast du
den Salat. Ich habe aber Vorkehrungen getroffen,

dass so etwas nicht noch einmal vorkommen kann. Alle Laborgeneratoren werden in den nächsten Wochen so gesichert, dass sie sich im Ernstfall selbst abschalten."

„Das L12 wird auch gesichert?"

„Na klar."

„Na gut, dann überlasse ich dich hier wieder deinem grausamen Schicksal und werde mal die Hartung kontaktieren. Vielen Dank übrigens. Und sieh mal zu, dass das L12 als erstes drankommt, ich glaube, wir werden dort bald anfangen müssen."

$$* * *$$

Zu Mittag machte Brunner sich auf in die Kantine und natürlich sah er Sandra an einem der Tische zusammen mit einigen Leuten aus seiner Abteilung. Michael füllte sein Tablett, schaute sich nach einem freien Platz um, sah, dass da gleich ein ganzer Tisch frei werden würde und suchte den Blick seiner neuen Mitarbeiterin. Als sie ihn bemerkte, machte er ihr mit dem Kopf ein Zeichen zu dem freiwerdenden Tisch hin. Sie verstand und nickte ihm zu. Als sie sich endlich zu ihm setzte, hatte er bereits den halben Teller leergegessen und sie erklärte ihm kurz, dass sie sich nicht so abrupt von ihren neuen Kollegen hatte trennen können. Es sei schön, ihn zu sehen, aber sie müsse gleich wieder hoch, denn sie wollte nicht gleich am Anfang ihre Mittagspause über Gebühr strapazieren.

„Na, nun setzen Sie sich erst einmal zu mir. Was treibt Sie denn so?"

„Na ja, ich langweile mich.. Ich will endlich etwas tun für mein Geld."

„Sie werden vor Arbeit bald nicht mehr aus den Augen gucken können. Ich habe mich übrigens aus dienstlicher Sicht ein wenig mit Ihrer Person beschäftigt und nun habe ich eine Frage: Wieso bewirbt sich ein derartig hoch qualifizierter junger Mensch wie Sie hier um einen Job in der Pampa?"

„*Pampa?*... Sie haben offenbar noch nie in einer *Wüste* gearbeitet! Ja, ich war bisher meistens in der Großstadt beschäftigt, aber da bin ich psychisch vertrocknet. Wenn man dort nicht - wenigstens für den Anfang – auf ein paar nette Kollegen trifft, ist man gesellschaftlich verloren."

„Und es gab keine netten Kollegen?"

„Nun ja, in den ersten zwei bis drei Monaten hatten sich schon einige bemüht, das schlug dann aber sehr bald um, als die merkten, dass ich meine Arbeit ihrer Meinung nach zu ernst nahm. Da wurde aus der Wüste dann schnell ein Haifischbecken."

„Sie wurden gemobbt?"

„Und nicht zu knapp."

„Haben Sie eine Erklärung dafür?"

„Klar! Schlecht motivierte Chefs und Mitarbeiter. Da ging es nur um Macht- und Job-Erhalt und um den monatlichen Gehaltsscheck. Dafür wurde Schwarz sehr schnell als Weiß deklariert, wenn es denn die ‚Heeresleitung' so wollte. Ich hoffe, dass das *hier*, in der *Pampa* wie Sie sagen, noch ein wenig anders ist."

„Ich weiß nicht so recht. Allzu große Hoffnungen kann ich Ihnen *da* auch nicht machen. Der Mensch bleibt wie er ist, egal ob in der Stadt oder auf dem Land. Das Einzige, was ich Ihnen in Aussicht stellen kann, ist, dass es hier draußen trotz allem ein wenig gemütlicher zugeht als woanders."

„Dieses ‚trotz allem' stört mich. Was meinen Sie damit?"

„Nun ja, auch unsere oberste ‚Heeresleitung', wie sie so schön sagten, unterliegt natürlich äußeren Zwängen. Auch unser Institut lebt von *Kunden*, egal woher die kommen, ob aus der Industrie oder aus der Politik. Den Wünschen der Kunden ist man nun einmal mehr oder weniger ausgeliefert. Dabei ist es auch egal, welche Motive die Kunden treiben. Alle wollen *verdienen*, die *Wahrheit* ist dabei manchmal zweitrangig und bleibt oft auf der Strecke."

„Das ist mir schon klar, und wahrscheinlich geht das auch nicht anders. Aber für mich ist *da* die Grenze, wo die Dinge für die Umwelt, und damit

58

auch für den Menschen, schädlich werden. Da werde ich nie die Klappe halten oder mich begnügen.“

„Ach Gott, haben wir uns da eine Idealistin eingefangen? Dann wünsche ich Ihnen aber eine dicke Hornhaut um die Seele. Nun, wir werden sehen.“

„Übrigens, wissen Sie, dass es ein Artikel von *Ihnen* war, der mich auf Ihr Institut hier aufmerksam gemacht hat.“

„Welchen meinen Sie?“

„Sie forderten damals eine Intensivierung der Strahlenforschung in Deutschland, weil Sie befürchteten, dass der Schutz der Bevölkerung vor Strahlungsschäden nicht mehr gewährleistet werden könne.“

„Ach so, ja, das ist auch schon wieder mindestens vier Jahre her.“

„Und? Hat das damals etwas bewirkt?“

„Nicht viel.“

„Das ist ja der Mist! ... Haben Sie aufgegeben?“

„Nein, natürlich nicht, aber ich gehe nicht mehr wie ein Elefant in die Öffentlichkeit.“

„Aber wie wollen Sie denn sonst etwas erreichen?“

„Mit vielen kleinen Schritten, klaren Forschungsergebnissen und unzähligen Einzelgesprächen ... Ob’s viel bringt, weiß ich nicht, aber versuchen tu ich es allemal und immer wieder.“

„Verdammt das klingt gleichzeitig nach *Sisyphus* und *Don Quijote*.“

„Das kann ich Ihnen sagen. Machen Sie trotzdem mit?“

„Ich werde es gern versuchen. Aber, sagen Sie, Sie kennen mich doch kaum, warum wollen Sie mich an sich binden? Nur weil wir neulich so gut miteinander getanzt haben?“

Michel musste lachen.

„Natürlich auch deshalb. Eine gewisse Harmonie muss schon herrschen zwischen Kampfgenossen, finde ich.“

„Sehen Sie? Deshalb glaube ich jetzt *noch* mehr an die *Pampa*.“

„Na fein… Also, ich war gerade beim Chef und der hat mir, was Sie angeht, grünes Licht gegeben“

Sie schaute ihn fragend an.

„Ich arbeite an einem Spezialauftrag und der Chef hat Sie eingestellt, damit Sie mir dabei ein wenig zur Hand gehen.“

„Na, da sage ich doch freudig *ja*.“

„Ich freue mich auch, aber das Ganze läuft nur unter *einer* Bedingung: Sie müssen schweigen wie ein Grab… Können Sie das?“

„Ich bin zwar eine rheinische Frohnatur, aber… natürlich kann ich schweigen. Worum geht es denn, ist es spannend?“

60

„Ob es spannend ist oder wird, kann ich noch nicht sagen. Ich glaube aber, dass es ziemlich interessant werden kann. Am Anfang allerdings müssen wir uns durch ein paar tausend Seiten Dokumente durchkämpfen. Wir müssen die Forschungsergebnisse verschiedenster Institute überprüfen, versuchen, Fehler aufzudecken, und wenn wir welche finden, müssen wir selbst zumindest einige Tests durchführen oder sogar noch tiefer einsteigen. Es geht um Grenzwerte für Strahlenbelastung und das Ganze ist höchst vertraulich. Machen Sie mit?“, er hielt ihr seine Hand hin und sie schlug sofort ein.

„Klar, klingt doch aufregend. Wann soll's denn losgehen?“

„Wenn Sie wollen, sofort.“

„Na toll, ich freue mich – und“, sie machte das Reißverschlusszeichen über ihren Mund, „Sie können sich auf mich verlassen.“

„Wunderbar! Morgen beziehen wir dann unser neues Labor… und… passen Sie auf: Ich esse jetzt hier fertig und dann gehen wir gemeinsam rauf.“

Eine knappe halbe Stunde später stellte Michael die neue, enge Mitarbeiterin seiner Sekretärin, Frau Schreiner, vor, worauf diese ein wenig irritiert dreinschaute und meinte, dass sie die Frau Doktor Hartung doch bereits kenne. Der Chef sei doch schon am Freitag mit ihr dagewesen.

„Mein Gott, ja, stimmt ja. Vergessen Sie den Freitag, Frau Schreiner, und machen Sie uns mal irgendetwas zu trinken zum Willkomm.“

Während Michel der ‚Neuen‘ die Telefonanlage, Kopierer, Aktenablage, Kaffeemaschine und andere wesentliche Kleinigkeiten in seinem Arbeitsbereich zeigte und erklärte, verteilte die ‚Schreinerin‘ ein paar Leinensets, Gläser und etwas Gebäck auf dem Besuchertisch und fragte Dr. Brunner:

„Kaffee, Wein oder Sekt?“

„Sandra, was möchten Sie?“

„Mir wär’ ein Kaffee am liebsten.“

Schnell wurden die Gläser wieder fortgeräumt und Frau Schreiner warf die Kaffeemaschine an. Brunner ging nach nebenan ins Labor und bat den Kollegen Lindinger zu sich ins Büro. Hier wurde Lindinger insoweit aufgeklärt, dass er Dr. Brunner auf unabsehbare Zeit in der Laborleitung vertreten müsse, und dass Brunner, nur in absoluten Notfällen mit Rat und Tat zur Verfügung stehen würde. Wenn er ihn brauche, solle Lindinger sich bitte an Frau Schreiner wenden, die Brunner dann umgehend verständigen würde. Er machte dem dem Mitarbeiter noch kurz kurz klar, dass Frau Hartung seine persönliche Mitarbeiterin sei und vorerst mit dem Rest der Abteilung nicht allzu viel zu tun haben würde. Anschließend wurde Lindinger wieder ins Labor entlassen.

Während sie dann zu dritt beim Kaffee saßen, überlegte Brunner kurz, inwieweit er seine Sekretärin einweihen sollte, beließ es dann aber dabei, ihr nur ganz allgemein zu erklären, dass er zusammen mit Frau Hartung an einem dringenden Spezialauftrag arbeiten müsse und gab ihr die Anweisung, ausschließlich dringende Anrufe, die der Lindinger nicht erledigen könne, zu ihm durchzustellen. Anschließend bestürmte Sandra ihren neuen Chef, er möge ihr doch bitte ihren neuen Arbeitsplatz zeigen, aber Brunner winkte ab:

„Da werden wir uns noch oft genug aufhalten müssen. Ich schlage Ihnen etwas anderes vor. Begleiten Sie mich doch zu einem alten Kollegen, der hat wahrscheinlich noch einen wichtigen Schlüssel, den wir brauchen. Dabei können Sie ein wenig von der hiesigen Umgebung kennen lernen. Haben Sie eigentlich schon eine Wohnung?"

„Nein. Wann hätte ich mich darum kümmern sollen? Aber ich habe immerhin schon aus der Zeitung ein paar Adressen von Leuten, die möblierte Zimmer vermieten. Sie wissen wohl auch nichts Gescheites?"

Am liebsten hätte Brunner ihr angeboten - zumindest vorübergehend - bei ihm einzuziehen, denn die Frau gefiel ihm immer besser, aber das würde wohl zuviel werden, den ganzen Tag zu zweit im La-

bor und dann auch noch zu Hause zusammen zu ho-
cken. Außerdem müsste er seine Wohnung erst einmal auf Vordermann bringen, denn so, wie es momentan bei ihm aussah, war Damenbesuch ausgeschlossen.

„Ich kann mich ja mal umhören, aber so auf die
Schnelle fällt mir nichts ein… Okay, packen wir's?
… Frau Schreiner, wir sind dann mal weg. Wenn Sie
was von einer Wohnung hören… Na gut, dann ma-
chen wir jetzt erst einmal einen kleinen Ausflug aufs
Land."

Sie fuhren hinaus aus Burghausen Richtung
Süden. Brunner machte ein paar kleine Umwege,
zeigte seiner Begleiterin die reich geschmückte Kirche von Marienberg und die Klosterkirche von Rai-
tenhaslach. In der alten Klosteranlage wurde eifrig
gebaut und Michel erklärte, dass der Bürgermeister
es geschafft habe, hier eine Dependance der TU
München einzurichten. Einiges sei schon fertig und
der Betrieb solle in ein paar Jahren losgehen. Er wies
darauf hin, dass noch ein weiteres Projekt anstand.
Die Stadt bemühe sich darum Hochschulstandort zu
werden und dann einige verschiedene Studiengänge
in Anlehnung an die ortsansässige chemische Industrie anbieten zu können. Aber, bis das soweit
wäre, würden sicherlich noch einige Jahre ins Land
gehen.

„Und *das* nennen Sie *Pampa*", grinste Sandra, „da muss ich mich ja beeilen, wenn ich hier überhaupt noch eine Unterkunft bekommen will."

„Wir werden etwas finden, da bin ich sicher. Ein paar Tage Geduld und Sie können das Hotel vergessen."

Als sie in Moosbrunn bei dem pensionierten Physiker Dr. Rausch ankamen, war dieser gerade im Garten beschäftigt und machte große Augen, als er Brunner erkannte. Als dieser ihm erklärte, warum er da sei, meinte der Rauschi, er habe ja ein so schlechtes Gewissen. Seit Monaten schon habe er den Safe ausräumen wollen, aber es sei ihm halt immer etwas dazwischengekommen, „Du weißt ja, Kollege, Rentner haben nie Zeit". Es sei sowieso wohl nichts Wichtiges mehr in dem Safe drin. Er ließ sich dann überreden, ihnen gleich ins Institut zu folgen, er müsse sich nur umziehen und die Schlüssel mitnehmen.

„Eigentlich ganz schön schlampig, das mit den Schlüsseln", grinste Sandra. „Hoffentlich geht das nicht im ganzen Betrieb so zu."

„Ach kommen Sie, Sie *wollten* ja in die Pampa, da geht's halt nicht so preußisch zu."

Zurück in der Firma stiegen sie sogleich hinab in das Untergeschoss, betraten das L12 und in der kleinen Diele lief Sandra ein Schauder über den Rücken:

„Das ist ja wie in einem Atombunker", schüttelte sie sich.

„Man gewöhnt sich daran", meinte Brunner und öffnete die Tür zum Aufenthaltsraum. Strahlendes Tageslicht strömte durch das Fenster herein und der Blick fiel hinaus auf einen wunderschönen Rosengarten. Der Rauschi grinste stumm als Sandra den Store zur Seite schob und aus dem Fenster schauen wollte…

„Och neee… dat jib et ja nich", entfuhr es ihr, als sie fetstellte, dass es sich um ein künstliches Fenster handelte. „Das sieht aber ganz echt aus."

„Das Licht hat das gleiche Spektrum wie Tageslicht, darauf hatte der Chef bestanden. Er wollte auf keinen Fall, dass die Leute krank würden, wenn sie sich vielleicht monatelang jeden Tag hier unten aufhalten müssen."

„Na gut, hier kann man es aushalten", und sie ging neugierig weiter. Das Büro war ebenfalls ‚sonnendurchflutet', während die anderen Räume zumeist nur mit Neonröhren ausgestattet waren. Sie begutachtete die technische Einrichtung der Laborräume, während der Rauschi sich mit dem Inhalt des Tresors beschäftigte und das meiste in den Papierkorb warf. Nur wenig steckte er in seinen Aktenkoffer, um die Unterlagen mit nach Hause zu nehmen.

„Schau her", sagte er zu Brunner und reichte ihm ein Buch, aus dem viele Merkzettel herausschauten, „Dies ist die einzige offenbar seriöse Studie über Strahlenbelastungen, die ich kenne – und ich habe mich durch einen ganzen Haufen Literatur durchgekämpft, das könnt ihr mir glauben – vielleicht könnt ihr was damit anfangen, ich lasse es euch hier. Hat ja sowieso das Institut bezahlt. Kann ich euch sonst noch irgendwie helfen?"

„Mir fällt nichts ein, aber wenn was ist, kann ich dich ja anrufen, oder?"

„Ach so, ja, mit Handy telefonieren geht hier nicht, der Keller ist abgeschirmt, ihr habt hier nur ein normales Telefon im Büro. Das verschwindet übrigens automatisch in seiner Blechschachtel im Schreibtisch, wenn ihr im Labor mit Frequenzen experimentiert. Die Arbeitsräume sind zwar auch nochmal extra geschirmt, aber es gibt ja immer jemanden, der mal eine Tür auflässt oder so. Außerdem gibt es dort auch diesen roten Hebel … da schaut her… das ist das ‚Not-Aus'. Wenn irgendetwas aus dem Ruder läuft, Hebel runterdrücken, und alles schaltet sich ab… Übrigens, der Generator 2 hat manchmal gesponnen, wahrscheinlich irgendein Wackler drin. Ich hatte das schon gemeldet, aber ob das gerichtet worden ist, keine Ahnung. Ein ordentlicher Faustschlag auf den Verteilerkasten hier, und er funktioniert wieder… Na, dann kann ich euch ja wohl allein lassen. Ich sehne mich nach meinem Garten bei diesem schönen Wetter. Die Schlüssel habt ihr ja nun auch", und damit machte er sich aus dem Staub. Allerdings kam er nicht allzu weit, denn er traf auf einige seiner ehemaligen Kollegen, die sich, mangels anderen Gesprächsstoffs, eingehend damach erkundigten, wie ihm das Rentnerdasein denn so gefiele. …

* * *

Brunner schaute auf die Uhr, meinte: „Morgen ist auch noch ein Tag", und lud Frau Hartung für den gleichen Abend zum Essen ein, um mit ihr die Vorgehensweise bei ihrem gemeinsamen Projekt zu besprechen. Er erklärte ihr, dass der Chef einen Koffer voller Dokumente erhalten habe, die sie zunächst einmal durchsehen mussten, und da kam schon Sandras erster Einwand:

„Müssen wir diese ganzen Akten dort unten im Keller durcharbeiten? Ich meine, lesen können wir auch woanders. Das wird doch ziemlich öde da unten, oder?"

„Darüber muss ich mit dem Chef noch reden. Er war es, der uns das L12-Labor als Arbeitsplatz… „

„Ja, als Arbeitsplatz, als Labor, ist das ja wunderbar, aber zum Lesen müssen wir uns doch nicht derartig abkapseln."

68

„Warten Sie mal… Ich glaube, wir müssen mit Geissen noch einmal besprechen, *was* an dieser Sache so geheim ist. Die Tatsache, dass wir die Texte haben oder dass wir die dort beschriebenen Ergebnisse experimentell überprüfen sollen.“

„Na, die Texte selbst sind ja wohl nicht so brisant, die konnte doch zumindest im Bundestag jeder lesen, der das wollte. In den einzelnen Instituten, die die Texte verfasst haben, kennen zumindest die Beteiligten und die Sekretärinnen den Inhalt der Schriftstücke. Also geht es doch wohl hauptsächlich darum, in welcher Weise und mit welchem Ziel die jeweiligen Untersuchungen durchgeführt und dokumentiert wurden.“

„Da haben Sie recht, Sandra. Wir wissen ja alle, dass es immer darauf ankommt, wer welches Gutachten in Auftrag gegeben hat. Dementsprechend fällt dann das Untersuchungsergebnis aus. Hier haben wir es aber zum Teil auch mit Ergebnissen sogenannter ‚unabhängiger‘ Gutachter und Institute zu tun, einige davon sind staatlich, andere halbstaatlich. Dennoch sind sowohl Inhalt als auch Existenz der Unterlagen kein Geheimnis. Also scheint es unserem Chef darauf anzukommen, dass es nicht öffentlich wird, wenn *wir* diese Gutachten auf Herz und Nieren prüfen.“

„Ja gut, soweit kann ich das nachvollziehen. Das bedeutet doch aber nicht, dass wir uns mit diesen

Texten nur im Keller befassen dürfen, oder? Zu welchen Ergebnissen wir dann kommen und ob wir einiges im Experiment nachprüfen, das kann ja dann meinetwegen streng vertraulich bleiben… bis Geissen *unsere* Meinung dann an seinen Auftraggeber weitergibt. *Der* wird ja dann damit auch etwas anfangen wollen, und um das zu tun, muss er *selbst* dann *unsere* Ergebnisse – egal, welchem Kreis auch immer – offenbaren. Also, so ganz kann ich diesen Geheimhaltungsfimmel nicht einsehen."

„Na ja, Sandra, soweit ich das bisher verstehe, könnte es dabei um *Milliarden* gehen und man weiß nicht, wie weit irgendein Konzern, der da an den früheren Ergebnissen ‚rumgefeilt' hat, gehen würde, um unsere Arbeit zu behindern, wenn nicht unmöglich zu machen. Aber widmen wir uns jetzt erst einmal unserem Abendessen."

Frau Dr. Hartung wollte sich bescheiden mit einem Wiener Schnitzel zufrieden geben, ließ sich von Brunner schließlich doch zu einem aufwändigen mediterranen Menü überreden und nach genügend gutem *Barolo* lockerten sich die Zungen. Die beiden knüpften an ihre Unterhaltung vom Wohltätigkeitsball an, erzählten sich Dinge aus ihrer jeweiligen Schulzeit und schließlich stieß man nochmals auf gute Zusammenarbeit an. Dr. Brunner nahm die Gelegenheit wahr und betonte mit einem entsprechend tiefen Blick, dass er ‚übrigens‘ Michael heiße, worauf sie ihm mit einem „Gestatten, Sandra“ kichernd den Mund hinhielt und dann fügte sie immer noch kichernd hinzu: …und die kleine Sandra braucht’ne Wohnung … der armen, kleinen Sandra wird nämlich das Hotel zu teuer.“ Michi entschuldigte sich ausschweifend dafür, dass er in dieser Richtung noch nichts unternommen hätte und meinte dann ebenso ausschweifend: „Kannst ja bei mir wohnen … aber da muss ich erst aufräumen … natürlich nur, bis wir für dich was Ordentliches gefunden haben.“ Sandra kicherte weiter: „Natürlich nur, bis wir was Ordentliches gefunden haben … kann dir ja beim Aufräumen helfen, oder hast du zu viele Geheimnisse zu entsorgen?“. Zwei Gläser später ließ Michi mit den Worten „Na, dann packen wir’s an“, die Rechnung kommen und die beiden machten sich ans Aufräumen.

Der nächste Vormittag fand die beiden stark übernächtigt bei starkem Kaffee und ein paar Croissants in Michels Büro, wo man sich gegenseitig versicherte, dass man sich über die „enge Zusammenarbeit“ sehr freue und der Sekretärin die Anweisung gab, einen dringenden Termin bei Geissen zu verabreden. Kurz vor der Mittagspause durften sie dann beim Chef vorsprechen, aber ehe sie sich hinauf in den vierten Stock begaben, fragte die pflichtbewusste Sekretärin auffällig beiläufig, ob Frau Hartung inzwischen eine Wohnung gefunden hätte, in der man sie im Ernstfall erreichen könne…

Dr. Xaver Geissen empfing die beiden mit den Worten: „Na, gibt's schon Probleme?"

„Nicht wirklich.", meinte Brunner, als sie sich setzten. „Wir wüssten nur gerne, *worauf* sich diese *strikte Geheimhaltung* bezieht, auf die Papiere, ich meine auf den Inhalt der Papiere, oder auf die Tatsache, dass wir die Ergebnisse eventuell experimentell überprüfen?"

Geissen schaute einen Moment nachdenklich vor sich hin, griff dann zum Telefon und rief in Berlin an. Er hatte Glück, sein Freund war in seinem Büro im Ministerium. Als Geissen seinen Namen genannt hatte, wurde er vom Abgeordneten Huber sofort unterbrochen: „Bitte nicht hier und jetzt! Ich werde übernächstes Wochenende daheim sein, ich rufe dich dann an, ok?"

Geissen legte auf, schaute Brunner an und meinte dann:

„Da scheint echt was im Busch zu sein. Ich schlage vor, ihr bringt den Koffer in den Safe unten im L12 und beschäftigt euch zunächst einmal nur dort unten mit dem Zeug." Damit stand er auf, holte den Koffer aus seinem eigenen Tresor und übergab ihn den beiden Mitarbeitern. „Scheint ja'ne echte

Zeitbombe zu sein. Übrigens, Michi, hier, unterschreib mir das, bitte."

Brunner las den kurzen Text und schaute seinen Chef stirnrunzelnd an: „Das ist nicht dein Ernst!"

„Doch, Michi, das ist mein Ernst. Nachdem Huber sich derartig anstellt, werde ich in dieser Angelegenheit auf jeden Fall unsere eigenen Sicherheitsstandards beachten." Brunner grinste ihn an und sagte: „Na, dann mach mal den Koffer auf und lass mich sehen, ob da überhaupt noch was drin ist." Geissen runzelte nun seinerseits die Stirn, tat dann aber was Brunner korrekterweise verlangte, zählte ihm die Aktenordner vor, die sich in dem Koffer befanden und verschloss das Behältnis dann wieder sorgfältig. Brunner unterschrieb auf einer Art Laufzettel, dass er den Koffer samt Inhalt übernommen habe, und die beiden waren entlassen. Sie fuhren mit dem Aufzug wortlos in den Keller und machten sich an die Arbeit.

Von da an, unterlagen sie tagelang einem strengen Arbeitsrhythmus: Zwei Stunden lesen, Kaffeepause, zwei Stunden lesen, Mittagspause, zwei Sunden lesen, Kaffeepause und schließlich – je nach dem, ob sie sich noch konzentrieren konnten – noch einmal ein bis zwei Stunden Arbeit. Beide machten sich immer wieder Notizen. Einmal fragte Sandra: „Hast *du* eigentlich ein Handy?"

„Ich? Natürlich, aber ich benutze das nie."

„Ich habe gar keins. Ich hätte zwar gerne eins gehabt, aber ich war damals kurz vor dem Abitur, als die Geräte aufkamen, da konnte ich mir so etwas noch nicht leisten. Später dann, als um mich herum immer mehr Leute solche Dinger hatten, habe ich mir schließlich auch eins angeschafft. Das ist mir in Frankreich im Urlaub geklaut worden und ich habe dann zunächst keine Notwendigkeit gesehen, mir ein neues zu kaufen. Später, als ich meine erste Stelle angetreten hatte, wollte mein Chef, dass ich mir eins zulegte. Das war ein richtiges Elend. Zu Anfang fand ich das schon ganz praktisch. Die Firma konnte mich immer erreichen und ich habe es auch oft benutzt. In meinem zweiten Job haben die Leute im Institut striktes Handyverbot gehabt. Ich hatte es dann nur noch selten benutzt und mir eingebildet, ich müsste es für einen Notfall immer im Auto haben. Es kam zwar nie ein Notfall, aber immer wenn ich das Ding dann *doch* einmal benutzen wollte, dann war entweder die Karte abgelaufen, oder der Akku war leer. Schließlich hat mir die Telekom die Nummer weggenommen, weil ich zu selten telefoniert hatte, und da habe ich es bei Ebay verkauft. Seither bin ich *sauber*. Und *du*?“

„Ich habe mir rein aus Interesse mal eins zugelegt und hatte das dann – genau wie du – nur noch für den Notfall bei mir – und dann war ich im Winter auf der alten Poststraße durch den Wald nach Marktl

unterwegs und auf einer Eisplatte in eine Schnee-
wehe in den Graben gefahren. Ich erinnerte mich an
das Handy, und siehe da, es ging mir wie dir. Akku
leer. Ich habe das Ding vor Wut in den Wald ge-
schleudert, bin zu Fuß heimgegangen, hab mich auf-
gewärmt und später hat mir ein Bauer das Auto mit
dem Schlepper wieder auf die Straße gezogen. Ich
habe mir zwar noch einmal ein neues Handy ge-
kauft, aber durch unsere Arbeit hier im Institut ist
mir klar geworden, dass das Gerät ja vielleicht doch
nicht so ganz gesund sein kann. Seither liegt es irgendwo zu Hause im Schreibtisch rum und ist bestimmt schon seit Jahren ‚tot‘.“

„Und? Hast du es jemals vermisst?“

„Nicht wirklich, nein.“

„Na, klasse, dann gehören wir also beide zu den
Dinos.“

„Na also, Mäken, da hamer doch schon wieder
wat jemeinsam.“, lachte er und nahm sie in den Arm.

∗ ∗ ∗

Kurz nach dem Anruf Geissens im Ministe-
rium hatte sich Huber mit den im Hause anwesenden
Gesinnungsgenossen zum Mittagessen verabredet
Als Huber dort das Eckzimmer betrat, fand er drei

seiner Mitstreiter in eine lautstarke Diskussion verwickelt.

„Gut, dass du kommst, ich brauche hier Unterstützung.“

„Was ist denn los?“

„Unsere beiden Saubermenschen hier wollen mir einreden, dass der ganze Politikbetrieb völlig ohne Seilschaften, gute Bekannte und ‚Amigos‘ abzulaufen habe. Ich versuche, denen zu erklären, dass das völlig unmöglich ist, aber die wollen mir nicht glauben. Hilf mir mal!“

„Mein Gott, denkt doch mal nach, wie ihr überhaupt an euer Mandat gekommen seid. Nein, normalerweise kommt man ohne Freunde und ohne Fürsprache nicht voran.“

„Klar, von einem bayrischen ‚Amigo‘ kann man natürlich nichts anderes erwarten“, schimpfte die Linke.

„Jetzt seid mal nicht so naïv, sonst wird eure erste Legislatur auch eure letzte. Das Ganze wird nur dann fragwürdig, wenn man jemandem unter den Spezln gegen besseres Wissen seine speziellen Wünsche erfüllt.“

„Genau, das sag ich auch.“

„Trotzdem …“, versuchte die Linke.

„Ja, es wäre wünschenswert, du hast ja recht, aber das ginge dann doch allzu sehr am wirklichen Leben vorbei und darum geht es uns doch auch gar nicht so sehr. Wir wollen uns doch nur dagegen wehren, dass irgendwelche Menschen, Interessengruppen, große Konzerne oder zum Beispiel Bankhäuser, unsere Entscheidungen mit ‚milden Gaben' in ihre Richtung zu ziehen versuchen und damit auch noch erfolgreich sind. … Vielleicht überlegt ihr mal, worin sich unser Geschäft überhaupt von dem der Lobbyisten unterscheidet. Seh'n wir das doch mal so: *Wir* selbst sind doch auch nichts anderes. *Wir* sind die Lobbyisten unseres Wahlkreises. Wir vertreten die Interessen unserer Region, unserer Wähler und damit auch sehr oft *die* der bei uns ansässigen Arbeitgeber. Der Unterschied zwischen uns und *denen da* ist also gar nicht so groß. … Hat sich übrigens noch etwas wegen der Handyfrequenzen getan?"

Es hatte sich durchaus etwas getan. Abgeordnete aller Fraktionen, insbesondere aber auch Mitglieder des Kabinetts waren von den verschiedensten Konzernen der Telekommunikation zum Teil mehrfach kontaktiert worden, und es zeichnete sich ab, dass die Regierung immer mehr dazu neigte, weitere Frequenzbänder für den Mobilfunkbetrieb freizugeben. Die Begründung dafür war, dass bei den Konzernen offenbar Bedarf bestand, Arbeitsplätze, und dass eine Versteigerung neuer Frequenzbereiche dem Finanzminister ein paar zusätzliche Milliarden in die stets klamme Kasse spülen würde. Man denke in der

Ministerrunde allerdings nicht über eine Neufestsetzung der Grenzwerte nach. Diese seien schließlich international festgelegt worden und eine Änderung wäre – wenn überhaupt - wohl nur mit großer Mühe und bestenfalls über Brüssel zu erreichen. Die einzige Gruppe, die in dieser Hinsicht massiv versuche Druck auszuüben, sei diejenige, die dieser Mattson vertrat.

Huber schüttelte den Kopf. Nach allem, was er bis dahin erfahren hatte, bedeuteten die bereits bestehenden Mobilfunknetze schon eine kaum abschätzbare gesundheitliche Gefährdung für die Bevölkerung, und nun sollte das alles noch weiter ausgebaut werden. Er war gespannt auf den Bericht von der GX-Tec in Burghausen, obwohl ihm klar war, dass die Ergebnisse vielleicht noch eine zeitlang auf sich warten lassen würden.

* * *

Das Lesen der Dokumente wurde langsam zur Qual. Zunächst hatten beide an ihrem jeweiligen Schreibtisch gesessen, sich während des Studiums der Unterlagen Notizen gemacht, ganze Passagen kopiert und zu einem neuen Ordner zusammengefasst, wobei Michi zu Anfang noch peinlich darauf achtete, dass sie ihre Pausen einhielten, aber immer öfter nahm die Arbeit sie beide doch derart gefangen, dass die Erholung immer kürzer kam. Irgendwann hatte Michel sich hingelegt und versucht, im Liegen zu lesen, was aber auch nicht sehr hilfreich war, denn, wenn es etwas zu notieren gab, so war das im Liegen nicht besonders ordentlich und leserlich zu bewerkstelligen und zum Kopieren musste er dann sowieso wieder aufstehen. Sandra hielt am Schreibtisch etwas länger durch, aber schließlich wurden beide immer nervöser. Sandra lief wie ein domestizierter Tiger im Käfig hin und her und las im Gehen. Natürlich machte sie Michi damit ziemlich nervös und zweimal versuchten sie sich gemeinsam auf einer der Liegen zu entspannen, fanden danach jedoch ihren Arbeitsrhythmus nicht wieder ... Zu Beginn hatten sie vorgehabt, die Wochenenden durchzuarbeiten, um schneller mit der grauen Theorie fertig zu werden und dann endlich mit ihren Experimenten anfangen zu können, aber nach neun Tagen durchgängiger Arbeit sprang Sandra plötzlich wieder einmal auf, warf ihren Kugelschreiber in die Ecke und fragte mit einer etwas keifigen Stimme: "Sag mal, weißt du eigentlich, wie heute das Wetter ist?" Michi hatte auf das künstliche Fenster gedeutet und schief grinsend gemeint, sie solle doch zufrieden sein, sie hätten hier doch immer strahlenden Sonnenschein. Man konnte dem Bau-Psychologen den Vorwurf nicht ersparen, dass er nicht daran gedacht hatte, einen Bilderwechsel einzuplanen, wo es in der zugegebenermaßen paradiesischen Landschaft vielleicht auch einmal regnete, schneite oder zumindest kurzfristig zur Abwechselung ein Gewitter niederging. Daraufhin war Sandra halb wütend, halb grinsend mit den Fäusten auf ihn losgegangen und sie einigten sich darauf, wenigstens einen Tag Pause zu machen und zwar „ab sofort!“

* * *

Es war später Nachmittag, als Michi von einer Nachbarin ein Fahrrad für Sandra ausgeliehen hatte und sie sich beide auf die Sättel schwangen, um eine ausgiebige Radltour in die Umgebung zu starten. Sie fuhren fast zwei Stunden lang und kehrten auf dem Rückweg, verschwitzt wie sie waren, auf der österreichischen Seite in Hochburg zum Abendessen ein. Aber die Arbeit ließ sie nicht aus ihren Fängen. Kaum hatten sie sich bei einem kühlen Hellen eingerichtet, kam von Sandra die Frage:

„Sag mal, was hast du denn bisher für einen Eindruck?“

„Wovon?“

„Von den Dokumenten.“

„Mein Gott, Sandy, schalt doch mal ab!“

„Geht nicht. Kannst *du* das denn?“

„Auch nicht so richtig.“

„Also? Was denkst *du*?“

Nach einem tiefen Schluck leckte sich Michi den Schaum von den Lippen, wiegte den Kopf nachdenklich und meinte:

„Fang *du* mal an. Ich will dich auf keinen Fall beeinflussen.“

„Du denkst, du könntest mich beeinflussen? Da kennst du mich aber schlecht… Also gut: Ich habe jetzt etwa die Hälfte meines Kontingents durchgearbeitet und ich befürchte, die andere Hälfte wird nicht viel besser.“

„Wie meinst du das ‚wird nicht viel besser‘?“

„Na ja…“, und dann waren sie schon mitten im Fachsimpeln.

Sandra meinte, sie könne bei den meisten Einschätzungen regelrecht daran *fühlen* dass da jemand etwas Umstrittenes auf den Markt bringen möchte, wobei er die schädlichen Auswirkungen entweder bagatellisiere oder gar nicht darauf eingehe und nur einen, allgemein als unschädlich angesehenen Aspekt hervorhebe und hiermit - minutiös berechnet und bis ins Detail beschrieben - die Harmlosigkeit des Produkts nachzuweisen versuche.

„Das ist doch überall gängige Praxis, im Handel, in der Wirtschaft und schon immer auch in Medizin,

Politik und sogar in der Wissenschaft", warf Michi ein.

„Das ist mir schon klar, aber es ist doch jetzt *unser Auftrag* für den Bereich der Strahlenschädigungen die Verhältnisse, so weit dies geht, objektiv darzustellen. Gott sei Dank scheinen *wir* nicht von vornherein gezwungen zu sein, zu einem bestimmten Ergebnis kommen zu müssen, oder?"

„Wie es aussieht, möchte da jemand ehrliche und belastbare Ergebnisse von uns haben. Was hast du also bisher an … Verdächtigem gefunden?"

Es war durch die Bank dasselbe. Jede der beim Bund vorgelegten Studien ging im Grunde davon aus, dass Funkwellen bis zu einem gewissen Grad als ungefährlich zu betrachten seien. Und dann plauderten sie ganz allgemein über Radiowellen weiter:

Man hatte ja schon seit den zwanziger Jahren des letzten Jahrhunderts den Rundfunk im Betrieb. Schon damals wusste oder ahnte man, dass in der näheren Umgebung eines Senders durchaus Gefahren lauern konnten. Man kannte Hautverbrennungen, wenn man Sendeantennen berührte, und die meisten Betreiber von Sendeanlagen empfahlen ihrem Personal gewisse Sicherheitsabstände von aktiven Sendeeinrichtungen. Schon ziemlich bald nach Einführung der Hochfrequenztechnik wurden Kabel und Geräte mit Metall ummantelt, geerdet und damit die Strahlung abgeschirmt. Während des zweiten

Weltkriegs traten diesbezügliche gesundheitsbezogene Forschungen in den Hintergrund, denn man hatte anderes zu tun. Insbesondere die Radartechnik wurde als kriegswichtig sehr stark vorangetrieben, wobei gehäuft auftretende gesundheitliche Schädigungen des Bedienpersonals durch die emittierte Strahlung der Geräte entweder überhaupt nicht zur Kenntnis genommen oder aber nicht mit der eingesetzten Hochfrequenz in Verbindung gebracht wurden. Erst infolge der Nuklearforschung, nach der atomaren Bombardierung von Hiroshima und Nagasaki, begann man, sich verstärkt mit der bei einer nuklearen Explosion entstehenden elektromagnetischen Strahlung auseinanderzusetzen. Dies geschah jedoch *nicht* wegen eventueller Krankheitsfolgen, die die solchermaßen Verstrahlten erlitten hatten - dazu waren die auftretenden Symptome nicht klar und eindeutig genug sowie für die Militärs zunächst ein eher positiver Begleitumstand. Die Forschung verstärkte sich, weil man feststellen musste, dass solche Explosionen mit dem einhergehenden EMP, also dem elektromagnetischen Puls, die gesamte Nachrichtentechnik im bestrahlten Gebiet zum Erliegen brachte. Als besonders anfällig erwies sich hierbei die gerade erst aufgekommene Halbleitertechnik, also Transistoren und ähnliches. Diese Tatsache wurde sehr lange einfach ignoriert, denn diese

Halbleiter gestatteten es, elektronische Geräte, zunächst besonders in der Nachrichtentechnik, immer kleiner und leichter zu gestalten, was natürlich auch für die militärische Nutzung von großer Bedeutung war. Folglich wurde einfach atomar weiter hochgerüstet. Erst als den Vereinigten Staaten in der Mitte der siebziger Jahre eine sowjetische MIG, ein Abfangjäger, der von seinem desertierenden russischen Piloten nach Japan entführt worden war, in die Hände fiel, begann man sich über die im Kriegsfall hohe Anfälligkeit der Halbleitersysteme etwas weitergehende Gedanken zu machen. Die sowjetische MIG hatte nämlich statt der inzwischen weltweit üblichen Transistoren fast ausschließlich herkömmliche Elektronenröhren eingebaut, weil diese der Strahlung einer Atomexplosion bis zu eintausendmal besser widerstanden. Der Öffentlichkeit gegenüber sprach man damals zwar voller Häme von der Rückständigkeit sowjetischer Technologie, aber schon bald danach ‚härtete‘ die amerikanische Regierung unter anderen alle Telekommunikationsleitungen über tausende Kilometer hinweg zwischen Washington D.C., Colorado und Kanada, indem sie die Leitungen mit Metallrohren ‚panzerten‘, um sie für einen elektromagnetischen Impuls unempfindlich zu machen. Bis dahin ging es nie um den Schutz von Menschen gegenüber elektromagnetischer Strahlung, sondern stets nur um die Überlegenheit

84

militärischer Systeme während des ‚kalten Krieges‘. Etwa zur gleichen Zeit begannen weltweit Forschungen zum Einfluss von technischer – also nicht natürlicher – Strahlung auf lebende Organismen. Man konnte nachweisen, dass Gehirn- und Nervenzellen mit Lichtgeschwindigkeit miteinander kommunizieren, dass Strahlung auch von außen über die Haut Nervenzellen zu bestimmten Reaktionen veranlasst und dass durch die Rückmeldung von Nervenzellen an das Gehirn gegebenenfalls widersprüchliche Informationen verarbeitet werden müssen, die zu unvorhersehbaren Handlungen führen können: So finden zum Beispiel zuvor gut trainierte Labormäuse unter Strahlenbeschuss nicht mehr zu ihren gewohnten Futterstellen hin oder zu ihren Nestern zurück.

„Ja, und wenn du dir anschaust, in welchem Zustand viele Soldaten, die in einer Radarstation gearbeitet haben, den Dienst quittieren müssen, dann haben wir fast das gleiche Bild. Das Gemeine daran ist, dass ganz offensichtlich deren Immunsystem derart ge- oder zerstört wurde, dass sie schließlich fast alle an Krebs erkrankten und die Regierungen weigern sich, diese Erkrankungen als berufsbedingt einzustufen, weil sie dann hohe Entschädigungen zahlen und das Problem von technischer Strahlung generell neu überdenken müssten.“

„Und all *das*, Michi, das ist doch nur die Spitze des Eisbergs. Hast du die Akte mit den Petitionen der Ärzteschaft gesehen? Die liegt ganz unten in unserem Köfferchen. Ich bin gespannt, was wir *da* alles zu lesen bekommen. Aber das führt im Moment zu weit. Ich würde gerne anpacken und endlich selbst ein paar Versuche machen, aber daran ist wohl noch nicht zu denken, oder?"

„Geh her, Sandra, noch fünf bis sechs Tage, dann geht es richtig los."

„Na, hoffentlich. Komm, trink aus. Wir fahren heim."

* * *

In Berlin betätigte sich Mattson weiterhin fast ein Jahr lang als Klinkenputzer bei den verschiedensten Abgeordneten und Ministerien. Er musste immer öfter daran denken, wie viel einfacher es für ihn vor dem Fall der Mauer im überschaubaren kleinen Bonn doch gewesen war. An fast jedes Regierungsmitglied war leicht heranzukommen gewesen, großzügig hatte er seine Wohltaten verteilen und seine Auftraggeber zufrieden stellen können. Hier, in diesem seit der Wende unglaublich aufgeblühten Berlin, das von der gebotenen Lebensqualität her inzwischen fast alle Großstädte Westeuropas hinter sich zu lassen begann, war alles sehr viel schwieriger geworden. Mattson führte das *darauf* zurück, dass die Minister und Abgeordneten dieser neuen und größeren Bundesrepublik sehr viel selbstbewusster und – ja, man musste dies tatsächlich so sehen – wesentlich fleißiger geworden waren. Man hing des Abends nicht mehr vor lauter Langeweile in den Bars herum, sondern hatte Arbeitskreise zu leiten, Informationsveranstaltungen abzuhalten oder zu besuchen, Gäste aus seinen Wahlkreisen zu betreuen, kurz gesagt, man musste stets präsent sein, gehört und gesehen werden, denn: *Nach der Wahl war vor der Wahl.* Wehmütig dachte Mattson an die zwei Jahre zurück, als er für ein großes medizintechnisches Unternehmen im deutschen Gesundheitsministerium als so genannter ‚externer Mitarbeiter‘ geführt, sowohl von seinem Auftraggeber als auch von der Regierung bezahlt worden war und Gesetzestexte formulieren half oder sie sogar selbst formulierte. Seine Auftraggeber waren damals sehr zufrieden gewesen, denn er hatte die Zulassung verschiedenster mehr oder weniger sinnvoller Gerätschaften wie Magnetdecken, Elektromassagegeräte, Bauchfettreduzierer und Bestrahlungsgeräte ermöglicht und dafür seinerzeit einen siebenstelligen Bonus kassiert. Die therapeutische Erfolgsrate bei den meisten dieser Produkte lag selten über dreißig Prozent, bewegte sich also im üblichen Rahmen des Heilerfolges von Placebos. Bei all diesem Tun war es für ihn durchaus selbstverständlich gewesen, dass er stets die immer nur *finanziellen* Interessen seiner Auftraggeber vertrat. Ethische oder moralische Gesichtspunkte spielten da niemals eine Rolle und in dieser Hinsicht kannte er auch keine Skrupel. So hatte er sich damals unter den Lobbyisten einen guten Namen gemacht und zehrte noch heute von jener sehr erfolgreichen Zeit insofern, als er immer wieder, wenn auch immer seltener, Aufträge von Unternehmen bekam, denen er aus jenen frühen Tagen noch bekannt war. Der Lobbyismus war inzwischen stark in Verruf geraten, aber die Politiker wollten dennoch nicht auf solche ‚Fachleute' verzichten, die ihnen zumindest erklären konnten, worüber sie da im Bundestag gerade abstimmten. Gerade bei naturwissenschaftlich-technischen Entwicklungen waren die meisten Abgeordneten und Minister total überfordert und im Ernstfall für jede klärende Hilfe stets sehr dankbar. Da ließ man sich dann gerne von den Spezialisten der Industrie *beraten*, und diese Spezialisten leisteten dabei glänzende Lobbyarbeit für ihre Konzerne, indem sie die Dinge *so* darstellten, wie ihre Arbeitgeber den höchstmöglichen Profit herausholen konnten. Im Extremfall formulierten diese Fachleute – wie damals Mattson auch - die Gesetzesvorlagen für ihre eigenen Produkte selbst.

Mattson hatte sich sowohl bei seiner Londoner Sekretärin als auch bei der Dame Andeler, der Kontaktperson zu seinem Auftraggeber, gemeldet und beide darüber aufgeklärt, dass er sich vorübergehend in die *Provinz* begäbe. Er sei bis auf Weiteres nur des Abends über seine Handynummer, besser noch über die gerade erst aufgekommene E-mail-Kommunikation erreichbar.

Wie meistens, wenn er sich auf unbekanntes Terrain begeben musste, hatte er sich für die Bundesbahn entschieden und saß schließlich in der Regionalbahn von München nach Burghausen. Dieser Bummelzug brauchte für die letzten hundert Kilometer – gefühlt – fast genau so lange wie der ICE von Berlin nach München. Mattson rutschte auf seinem Platz im Triebwagen ungeduldig und verärgert hin und her und bedauerte, dass er von München aus nicht ein Taxi genommen hatte. Es war ein Kommen und Gehen an jeder Haltestelle, er war mitten in den Pendlerverkehr geraten. Anfangs hatte er noch versucht, sich mit seinem damals ultramodernen Laptop zu beschäftigen, als aber in Mühldorf eine Horde Schüler in den Zug eindrang, wurde es eng und laut, und Mattson – immer wieder von den umherfliegenden Gesprächsfetzen und vom Lärm abgelenkt - lauschte schließlich fasziniert dem ihn umgebenden Stimmengewirr. Er verstand fast nichts. Ähnliches hatte er bisher nur in der hessischen Provinz erlebt. Als die Schüler dann immer wieder neugierig auf seinen Bildschirm starrten, gab er auf und klappte das Gerät seufzend zu. Er schaute auf die Uhr. Eine knappe halbe Stunde noch. Er würde also noch vor Anbruch der schon sehr herbstlich anmutenden Dunkelheit an seinem Zielort eintreffen. Er schloss die Augen und stellte sich vor, wie er genüsslich als erstes eine Dusche nehmen würde. Komisch, immer wenn er mit der Bahn fuhr, hatte er anschließend das Gefühl, schmutzig und verklebt zu sein, selbst die blitzblanken ICEs vermittelten ihm diese Empfindung. ‚Oh ja, und als allererstes eine saubere, eigene Toilette…'

Der Taxifahrer, der ihn gefragt hatte, wohin er ihn bringen dürfte, Neustadt oder Altstadt, hatte ihm auf seine Frage, wo denn mehr los sei, die Altstadt vorgeschlagen, und so landete Mattson am Stadtplatz im *Hotel Post*. Nicht dass er gehofft hatte, in dieser Kleinstadt ein anregendes Nachtleben à la *Burghausen by nite* vorfinden zu können, um sich dort hineinzustürzen, nein, für solchen Zeitvertreib hatte er noch nie einen Sinn gehabt. Was er wollte, war eine Art Stammtischatmosphäre. Er musste sich ein wenig in den Menschenschlag einfühlen, mit dem er es hier zu tun bekommen würde – das hatte ihm in der Vergangenheit schon oft geholfen. Zwar hatte er in Berlin den einen oder anderen bayrischen Abgeordneten kennengelernt, aber diese schauspielerisch oft hochbegabte Spezies bemühte sich im ‚preußischen' Umfeld stets um ein – zugegebenermaßen stark dialektal gefärbtes – Hochdeutsch. Immerhin hatte er anlässlich solcher Bekanntschaften schon gelernt, was ‚a Hoibe‘ war, und damit hoffte er durchaus, ein Gespräch mit eventuellen Tischgenossen anbahnen zu können und eine Ahnung davon zu bekommen, wie hier die Menschen tickten. Als er dann schließlich seine Bestellung bei der Bedienung anbrachte, entstand an dem Tisch ein kurzes, abschätzendes Schweigen, bis sein Gegenüber ihn direkt anschaute und feststellte, „Du bist oba a net vo do“. Es wurde ein durchaus gemütlicher, wenn auch nicht besonders gewinnbringender Abend. Immerhin hatte er einige Runden *Hoibe* zahlen müssen.

* * *

Wider Erwarten gestalteten sich die letzten fünf Tage der Lektüre im ‚Bunker‘ wesentlich leichter. Vieles konnte man einfach übergehen, da die Argumentationsketten stets die gleichen waren, und so machten sich Michi und Sandra daran, eine große Anzahl unterschiedlicher Zellkulturen in Nährlösungen zu züchten, Hochfrequenzgeneratoren zu kalibrieren und, dies war besonders zeitraubend, fernbedienbare Sendeantennen und Anpassgeräte für die verschiedensten Frequenzen im Bereich technisch genutzter Strahlung zu installieren. Die meisten benötigten Geräte waren im Institut bereits vorhanden, einiges musste entweder repariert oder neu angeschafft werden, und für einen bestimmten Frequenzbereich mussten sie – zusammen mit zwei Kollegen – ein besonderes Gerät selbst entwickeln und bauen. Sie wollten bestimmte, von anderen Instituten wie von den interessierten Konzernen selbst dokumentierte Berechnungen und Versuchsergebnisse zunächst einmal überprüfen und dann dort weiterarbeiten, wo jene Institutionen – „leichtfertig“, wie Sandra dies nannte – ihre Arbeiten entweder abgebrochen oder nicht weiter dokumentiert hatten. Während Sandra in diesem Bereich bereits einmal gearbeitet hatte, war für Michi manches noch Neuland, und auf diese Weise vergingen fast drei Monate, bis sie zu ersten Ergebnissen kamen. So ließ sich zum Beispiel deutlich zeigen, dass lebende, organische Körperzellen stets auf fast jede Frequenz elektromagnetischer Strahlung ansprechen, dass sie den empfangenen Reiz weiterleiten und durch ihre Fähigkeit zum osmotischen Potentialausgleich, sowohl durch natürliche als auch durch technische Strahlung in den Zellen entstehende elektrische Ungleichgewichte in rasender Geschwindigkeit auszugleichen oder – je nach Funktion der Zelle – aufrecht zu erhalten suchen. Dies geschieht im Nanosekundenbereich.

„Osmotischer Potentialausgleich?", fragte Michi. „Hab ich schon von gehört, aber erklär mir das doch, bitte, genauer."

„Das ist eigentlich ganz einfach. Stell dir einen Topf vor, der in der Mitte senkrecht durch ein äußerst feines Sieb geteilt ist. Nun gieße in die eine Hälfte Wasser, oder besser du nimmst dickflüssiges Öl, dann geht es langsamer und anschaulicher, und du wirst beobachten, dass die Flüssigkeit durch das Sieb – bei Wasser schneller – bei Öl langsamer - hindurchfließt, bis beide Topfhälften den gleichen Flüssigkeitsstand erreicht haben."

„Sandra!!! Das weiß ich doch!"

„Nun lass mich doch ausreden… Genauso funktioniert eine osmotische Membran in der Zelle oder an der Außenwand einer Zelle. Normalerweise ist der ‚Siebbereich' wie durch Lippen geschlossen, entsteht aber auf einer der beiden Lippenseiten eine zu hohe oder zu niedrige Spannung, dann machen die Lippen weit auf und die elektrische Ladung gleicht sich aus oder es wird ein unterschiedliches Potential aufgebaut, je nachdem, wie die entsprechende Zelle dies braucht."

„Ja, okay, mir war nur nicht klar, *wie* die Zellen das machen. Und es ist egal, welcher Frequenz die elektromagnetischen Wellen sind?"

„Das ist verschieden. Nehmen wir unseren Topf wieder her: Stell dir vor, der Topf hat seitlich ein paar Henkel…“

„Das ist bei einem Topf ziemlich normal…“

„Ok. Diese Henkel sind wie kleine Öhrchen und können als Antennen dienen. Sie sind bei verschiedenen Zellarten oft unterschiedlich lang und reagieren damit auf unterschiedliche Wellenlängen. Über diese Öhrchen kommt die elektromagnetische Energie überhaupt erst in die Zellen hinein.“

„Das heißt also, immer wenn elektromagnetische Wellen auf die Zellen treffen, dann reagieren die … Die müssten also bei *dem* e-magnetischen Beschuss, dem wir neuerdings stets unterliegen, andauernd geöffnet oder dauernd geschlossen sein. Da stellt sich *mir* die Frage: Ist es der Membran egal, ob sie offen oder geschlossen ist? Verbraucht sie zum Schließen oder Offenhalten Energie? Verschleißt sie oder die ganze Zelle und muss daher öfter ersetzt werden? Unterliegt der Körper, wenn er betroffene Zellen dauernd über das normale Maß hinaus ersetzen muss, nicht einer hohen Belastung? Ist das für einen Organismus nicht ein permanenter Stress? … Und irgendwie muss die empfangene Energie doch entweder geblockt, weitergegeben oder auf eine andere Art verarbeitet werden. Entstehen da im oder um den Organismus - außer Wärme - irgendwelche

94

elektromagnetischen Felder und – wenn ja – beeinflussen diese Felder sich gegenseitig? Ist das Ganze dann schädlich oder eventuell sogar nützlich für den Organismus?"

„Genau. Und an dieser Stelle hören all unsere schönen Gutachten mit ihren Forschungsergebnissen auf. Entweder hat man nicht weiter geforscht, nicht weiter forschen können oder man hat ein paar unbequeme Ergebnisse unterdrückt."

„Und all dies sollen *wir* jetzt herausfinden? … Herrschaftszeiten, da hat sich der Chef aber in etwas hineinziehen lassen, das kann ja *Jahre* dauern."

„Na, ist doch toll, unsre Jobs sind auf lange Zeit gesichert, und außerdem ist die Arbeit doch interessant."

„Das schon, aber ich fürchte, wir sind da ein wenig überfordert und total unterbesetzt."

„Keine Angst, Michi, *ich* bin ja *bei* dir."

„Hast du schon die Eingaben gelesen, die die Ärzteschaft der Regierung hat zukommen lassen?"

„Nein, ich dachte, das machst *du*. Aber du hast recht, vielleicht finden wir da ein paar Hinweise, in welcher Richtung wir marschieren sollten. Jeder die Hälfte?"

Die Lektüre der Ärzteappelle und –petitionen, die der Bundesregierung vorgelegen hatten und größtenteils über das Internet auch der Öffentlichkeit zugänglich waren, zeichneten ein recht grausames Bild vom Einfluss technischer Strahlung auf die Gesundheit der Bevölkerung. Dabei spielte es keine Rolle, welche medizinische Schule ihre Bedenken und Hinweise geliefert hatte, die Einsprüche gegen die „zu hoch angesetzten Grenzwerte" und gegen die Errichtung weiterer und neuer Funkanlagen im gesamten Bundesgebiet waren von allen Seiten gekommen, und die Begründungen waren alarmierend. Kliniken, Haus- und Fachärzte, speziell auch die Neurologen, beklagten einen „dramatischen Anstieg schwerer und chronischer Erkrankungen" ihrer Patienten seit der Einführung immer neuer Funkdienste. Wie alle anderen Eingaben auch, stellte der Freiburger Appell aus dem Jahre 2002, *Ärzte gegen Elektrosmog*, fest:

Wir beobachten in den letzten Jahren bei unseren Patienten und Patientinnen einen dramatischen Anstieg schwerer und chronischer Erkrankungen, insbesondere
• Lern-, Konzentrations- und Verhaltensstörungen bei Kindern (z.B. Hyperaktivität)
• Blutdruckentgleisungen, und Herzrhythmusstörungen die medikamentös immer schwerer zu beeinflussen sind

• *Herzinfarkte und Schlaganfälle immer jüngerer Menschen*
• *hirndegenerative Erkrankungen (z.B. Morbus Alzheimer) und Epilepsie*
• *Krebserkrankungen wie Leukämie und Hirntumore.*

Wir beobachten außerdem ein immer zahlreicheres Auftreten von unterschiedlichen, oft bei Patienten als psychosomatisch fehlgedeuteten Störungen wie
• *Kopfschmerzen und Migräne*
• *chronische Erschöpfung*
• *innere Unruhe*
• *Schlaflosigkeit und Tagesmüdigkeit*
• *Ohrgeräusche*
• *Infektanfälligkeit*
• *Nerven- und Weichteilschmerzen, die mit üblichen Ursachen nicht erklärlich sind, um nur die auffälligsten Symptome zu nennen.*

Da uns Wohnumfeld und Gewohnheiten unserer Patienten in der Regel bekannt sind, sehen wir, speziell nach gezielter Befragung, immer häufiger einen deutlichen zeitlichen und räumlichen Zusammenhang zwischen dem Auftreten dieser Erkrankungen und dem

*Beginn einer Funkbelastung z.B. in Form ei-
ner*
*• Installation einer Mobilfunkanlage im nähe-
ren Umkreis der Patienten*
• intensiven Handynutzung
*• Anschaffung eines DECT - Schnurlos -Tele-
fons im eigenen Haus oder in der Nachbar-
schaft.*

*Wir können nicht mehr an ein rein zufälliges
Zusammentreffen glauben, denn:*
*• zu oft beobachten wir eine auffällige Häu-
fung bestimmter Krankheiten in entsprechend
funkbelasteten Gebieten oder Wohneinheiten,*
*• zu oft bessert sich die Krankheit oder ver-
schwinden monate- bis jahrelange Beschwer-
den in relativ kurzer Zeit nach Reduzierung o-
der Eliminierung einer Funkbelastung im di-
rekten Umfeld des Patienten,*
*• zu oft bestätigen zudem baubiologische
Messungen außergewöhnlicher elektromagnetischer Funkintensitäten vor Ort unsere Beobachtungen*
.

*Aufgrund unserer täglichen Erfahrungen hal-
ten wir die 1992 eingeführte und inzwischen
flächendeckende Mobilfunktechnologie und
die seit 1995 käuflichen Schnurlostelefone*

nach DECT-Standard für einen der wesentlichen Auslöser dieser fatalen Entwicklung! Diesen gepulsten Mikrowellen kann sich niemand mehr ganz entziehen. Sie verstärken das Risiko bereits bestehender chemischer und physikalischer Umwelteinwirkungen, belasten zusätzlich die Immunabwehr und können die bisher noch ausgleichenden Gegenregulationsmechanismen zum Erliegen bringen. Gefährdet sind besonders Schwangere, Kinder, Heranwachsende, alte und kranke Menschen. Unsere therapeutischen Bemühungen um die Wiederherstellung der Gesundheit bleiben immer häufiger ohne Erfolg. Denn das ungehinderte Eindringen der Dauerstrahlung in Wohn- und Arbeitsbereiche, speziell in Kinder- und Schlafzimmer, die wir als äußerst wichtige Orte der Entspannung, Regeneration und Heilung ansehen, verursacht pausenlosen Streß und verhindert eine grundlegende Erholung des Kranken.

Angesichts dieser beunruhigenden Entwicklung sehen wir uns verpflichtet, unsere Beobachtungen der Öffentlichkeit mitzuteilen, insbesondere nachdem wir hörten, daß deutsche Gerichte eine Gefährdung durch Mobilfunk als „rein hypothetisch" betrachten *(siehe Urteil des Verwaltungsgerichtshofs Mannheim vom Frühjahr 2002).*

Was wir in unserem Praxisalltag erleben ist alles andere als hypothetisch! Wir sehen die steigende Anzahl chronisch Kranker auch als Folge einer unverantwortlichen Grenzwertpolitik, die, anstatt den Schutz der Bevölkerung vor den Kurz- und besonders Langzeitauswirkungen der Mobilfunkstrahlen zum Handlungsmaßstab zu nehmen, sich dem Diktat einer längst hinreichend als gefährlich erkannten Technologie unterwirft. Es ist für uns der Beginn einer sehr ernst zu nehmenden Entwicklung, durch welche die Gesundheit vieler Menschen bedroht wird.

Wir lassen uns nicht länger vertrösten auf weitere, irreale Forschungsergebnisse, die erfahrungsgemäß oftmals von der Industrie beeinflußt werden, während beweiskräftige Untersuchungen ignoriert werden.

Wir halten es für dringend erforderlich, jetzt zu handeln!

Als Ärzte/-innen sind wir vor allem Anwälte

unserer Patient/-innen. Im Interesse aller Be-
troffener, deren Grundrecht auf Leben und
körperliche Unversehrtheit derzeit aufs Spiel
gesetzt wird, appellieren wir an die Verant-
wortlichen in Politik und Gesundheitswesen.
Unterstützen Sie mit Ihrem ganzen Einfluß
unsere Forderungen:
• neue gesundheitsverträgliche Kommunikati-
onstechniken mit interessenunabhängiger Ab-
wägung der Risiken speziell vor deren Ein-
führung
und als Sofortmaßnahmen und Übergangsre-
gelung
• Massive Reduzierung der Grenzwerte, Sen-
deleistungen und Funkbelastungen auf ein bi-
ologisch vertretbares Maß...[1]

Sandra rollte sich kichernd auf der Laborliege zusammen und meinte auf Michis fragenden Blick hin: „Ich weiß jetzt, warum die ganzen Radio-Astronomen seit Jahrzehnten vergeblich auf Antworten aus dem All warten."

„Ja, wieso?"

„Na, die lieben Aliens haben die Funktechnik entweder nie eingeführt oder schon längst als zu gefährlich für intelligente Lebewesen wieder abgeschafft."

---

[1] Im Internet nachzulesen unter ‚Freiburger Ärzteappell'

„Au Backe. Das musst du mal veröffentlichen, das wird in den einschlägigen Kreisen aber Freudenschreie auslösen."

„Und nicht nur da…"

„Na gut, dann spielen wir in der nächsten Zeit mal wieder ein wenig *Don Quijote und Sancho Pansa*."

„Ach, komm her zu mir, *ich* möchte jetzt was *anderes* spielen…"

* * *

Mattson hatte keinen Sinn für die Schönheiten der kleinen Stadt an der Salzach. Dinge wie ein Spaziergang durch den Ort, über die Burg oder in die umliegenden Wälder kamen ihm nicht in den Sinn. Er hatte mit seiner ihm angeborenen Art, Menschen überzeugen zu können, sei es mit klug hervorgebrachten Argumenten, durch blitzschnelles Finden von Schwachstellen bei seinem jeweiligen Gegenüber oder durch den korrumpierenden Einsatz von Bestechung und Erpressung in den meisten Fällen Erfolg gehabt. Besonders die Gier seiner Verhandlungspartner oder   -gegner hatte ihm schließlich ein beträchtliches Vermögen eingebracht, als er begriffen hatte, dass man – mit dem richtigen Anreiz und einem potenten Auftraggeber im Rücken – Politiker dazu verführen konnte, gegen ihr Dienstgelöbnis, Schaden von der Bevölkerung abzuwenden, immer wieder zu verstoßen. Dabei konnte es sich durchaus auch um eine Einflussnahme handeln, von der alle Beteiligten profitierten, zum Beispiel bei Standortfragen für Produktionsbetriebe in wirtschaftlich schwächeren Regionen. Bei solchen Verhandlungen ging es dann eigentlich stets nur darum, *wer* mit *welcher Art* von Betrieb den Zuschlag bekam, sich dort ansiedeln zu dürfen. Grob gesprochen ging es dabei immer um den Einsatz von aus Politik und Verwaltung - auf welche Weise auch immer - erlangten Informationen gekoppelt mit einem möglichst großzügigen Versprechen von Arbeitsplätzen für den in Aussicht genommenen Standort. Solche Geschäfte hatten sich tatsächlich manchmal zu einer Win-Win-Situation für alle Beteiligten – auch für die Bevölkerung – entwickelt, waren für den Lobbyisten jedoch oft sehr zeitaufwändig und nicht allzu gut honoriert. Wirklich große Beträge hatte Mattson immer dann einstreichen können, wenn er die Interessen eines Auftraggebers gegen den Willen oder das ‚Gewissen' der übrigen Mitwirkenden durchzusetzen in der Lage gewesen war. Dazu hatte seinerzeit einmal - unter einigem Anderen - das Festsetzen der von der Industrie gewünschten Normen und Grenzwerte für die Telekommunikation gehört. Das schlitzohrige ‚Überzeugen' der Entscheidungsträger

hatte ihm nicht nur relativ hohe Summen an Erfolgs-
vergütungen eingebracht, sondern auch eine tiefe innere Befriedigung beschert, hatte er sich doch bei so
manchen politischen Entscheidungen die Industrie
und die Wirtschaft des Landes betreffend als Draht-
zieher im Hintergrund, als eine Art ‚Graue Eminenz‘
fühlen können. Dies war stets wie eine Art Futter o-
der Droge für sein Ego gewesen und hatte ihm ganz
einfach – sofern dies für ihn überhaupt eine Katego-
rie war - persönliche Freude bereitet.

All dies überdachte Mattson, in Erinnerung an so
manchen wohlgelungenen Coup ironisch grinsend,
während er in seinem Leihwagen, der sich für sein
Vorhaben als unverzichtbar herausgestellt hatte, auf
einem der großen Parkplätze am Rande der Stadt vor
dem Eingangstor der GX-Tech stand und das Kommen und Gehen von Kunden und Mitarbeitern dieser
Firma beobachtete. Er suchte ein Opfer, das er aus-
horchen konnte. Am besten, das hatte ihn seine lang-
jährige Erfahrung gelehrt, eignete sich dafür normalerweise irgendeine gediegen gekleidete und perfekt
frisierte Mittvierzigerin ohne familiären Anhang,
die während der Mittagspause oder des Abends nach
Dienstschluss, ohne Begleitung und mit leicht resig-
niertem Gesichtsausdruck die Firma verließ, um sich
entweder zu einem einsamen Mittagessen in einem
Stammrestaurant oder des Abends in ihr noch einsa-
meres Heim zu begeben. Solche Frauen hatten sich

104

oft eine Vertrauensstellung in ihrem Umfeld erarbeitet und reagierten – zumeist nach anfänglich schroffer Ablehnung – häufig recht dankbar auf seine manchmal zugegebenermaßen ziemlich plumpen Annäherungsversuche. Hinterher erwiesen sie sich dann in den meisten Fällen als schlafende Vulkane, die zu wecken ihm vergönnt gewesen war, und sie waren immer wieder zu sprudelnden Quellen wichtiger Informationen für ihn geworden. Der einzige Nachteil dieser Methode war der Zeitfaktor. Es dauerte manchmal einfach erbärmlich lange, bis er an die erhofften Hinweise herankam, und hinterher hatte es dann schon mehrfach gewisser Anstrengungen bedurft, um die Damen wieder loszuwerden…Er lächelte bei der Erinnerung an eine solche Affäre, verfiel bei dem Gedanken daran jedoch wieder ins Grübeln. Die bewusste Dame hatte sehr ernsthafte Absichten gehabt, aber sein krasser Materialismus hatte sie immer wieder gestört. Wie oft hatte sie ihm vorgehalten: „Du hast doch alles, du kannst dir alles leisten, komm doch endlich einmal zur Ruhe, wir beide haben doch bis an unser Lebensende ausgesorgt.“ Damals war ihm die Aussicht, sich in ein nur noch konsumorientiertes Leben zurückzuziehen, als abschreckend erschienen. Er hatte sich nicht vorstellen können, nicht mehr mitzumischen. Wie so mancher Politiker, der an seinem Stuhl klebt, weil er fürchtet, mit dem Verlust der

Macht die eigene Identität zu verlieren, vielleicht sogar die Erkenntnis, dass es danach vielleicht sehr einsam um ihn herum würde, so hatte Mattson sich einen Rückzug aus dem täglichen Überreden, dem Umbiegen von Menschen und den damit einhergehenden, immer wieder interessanten und spannenden Einblicken in die möglichen Abgründe von oft durchaus zerrissenen, gequälten Seelen nicht vorstellen können. Es war sein Leben, sein Spiel, und es hatte ihn darüberhinaus zeitweilig auch noch sehr reich gemacht. Wie eine tückische Schlange schlich sich die Frage in seine Gedanken: „Wozu dies alles?". Als ihm plötzlich bewusst wurde, was er da gerade gedacht oder gefühlt hatte, richtete er sich in seinem Sitz auf und brubbelte vor sich hin: „Verdammt, ich werde alt."

Gedankenfetzen gingen ihm durch den Kopf, die, wollte man sie chronologisch ordnen, etwa folgendermaßen aussahen:

Als Einzelkind auf der großelterlichen Farm aufgewachsen, hatte man ihm jeden Wunsch von den Augen abgelesen, und kaum war er der Sprache mächtig, so wurde selbst sein manchmal nur zu erahnendes - oft gar nicht so ernst gemeintes - Interesse an was auch immer in vorauseilend-fürsorglicher Hingabe erfüllt. Der Mutter zu unterstellen, sie sei eine Glucke gewesen, wäre eine bodenlose Un-

106

tertreibung. Nein, als italienischer Import eines amerikanischen GI's war sie in der Fremde sozusagen eine Über-Glucke, die Karikatur einer mediterranen *Mama*, die all ihre häuslichen und ehelichen Pflichten dem vermeintlichen Wohlergehen ihres Kindes unterordnete. Damit ging sie schon sehr bald sowohl dem – vielleicht verständlicherweise - beruflich oft abwesenden Ehemann, als auch dem jungen Henry selbst beträchtlich auf die Nerven. Weil Letzterer dies so wollte, wurde er mit sehr viel Schokolade, Nusscreme, Cola ernährt. … Mattson grinste vor sich hin, „die moderne Nahrungsmittelergänzugsindustrie hätte in die Hände geklatscht und die Naturmedizin hätte diesem einseitig ernährten Jungen wohl ein frühes Siechtum prognostiziert"…. Henry aber wuchs heran, besonders in die Breite, und – nachdem er - die Mama fliehend - sich die meiste Zeit in der Scheune oder in der Werkstatt des Großvaters herumdrückte – wurde sein Interesse für Technik geweckt. Von seinen Basteleien, vornehmlich an alten Maschinen oder Radios, löste er sich nur, um ab und an die eine oder andere Fernsehsendung anzuschauen und das dort gebotene für das wahre Leben zu halten. Busfahrer zu werden war dann natürlich seine erste Berufsvorstellung, die später in dem Wunsch gipfelte, am Weltraumprogramm in Cap Canaveral mitzuarbeiten, wenn nicht sogar selbst zu den Sternen zu fliegen.

Sehr zum Leidwesen der Mutter musste sie mit Henrys erstem Schultag auch ihren ersten Wir-Bruch hinnehmen. Sie hatte sogar Ärzte bemüht, um diesen Tag um ein Jahr hinauszuschieben, aber schließlich setzte sich der Vater mit dem Gesetz im Rücken durch und fuhr während der ersten Wochen seinen einigermaßen feisten Sohn persönlich täglich in die Bildungseinrichtung der nächsten Kleinstadt, wartete in einer nahe gelegenen Kneipe auf den Unterrichtsschluss und brachte ihn nach ein paar Stunden aus der gefährlichen Welt wieder heim ins Nest.

Die Schule war für Klein-Henry eine äußerst ambivalente Angelegenheit gewesen. Am schlimmsten war das Leben zwischen den einzelnen Schulstunden für den armen Kerl. Sehr schnell hatten die anderen Kinder erkannt, dass der kleine Fettkloß – nun, heute würde man sagen: keinerlei ‚soziale Kompetenz erworben' hatte. Henry wurde zum Spielball manchmal sehr grausamer kindlicher Launen. Er wurde gehänselt, erpresst und verprügelt, wie es gerade kam. Andererseits genoss der Bub den Unterricht schon allein aus dem einfachen Grund, weil ihn die Klassenkameraden wenigstens in Anwesenheit der Lehrer in Ruhe ließen. So nimmt es nicht wunder, dass Henry, weil der Unterricht stets seine ganze Aufmerksamkeit hatte, schon sehr bald zum Klassenbesten avancierte und besonders die Mathematik und die naturwissenschaftlichen Fächer faszinierten ihn von Anfang an. Für die anderen Kinder ein weiterer Grund, ihn zu ärgern: „*Dweeb, dweeb*" und „*Nerd*" („Streber, Streber") schallte es ihm immer wieder entgegen. Allerdings, wie das häufig geschieht, machte der geschmähte Streber Karriere, während man von seinen Quälgeistern später nichts mehr hörte.

Mattson schüttelte grinsend den Kopf, als er sich erinnerte, wie er es geschafft hatte, sich aus dieser Zwickmühle seines schulischen Alltags zu befreien. Wie ihm das im Einzelnen gelungen war, hätte er gar nicht genau sagen können. Jedenfalls entwickelte er sich zu einem äußerst hinterhältigen Intriganten, der irgendwie gelernt hatte, sich mit dem jeweils stärksten Mitschüler anzufreunden und dann die anderen Quälgeister gegeneinander aufzuhetzen. Diese Fähigkeit war ihm geblieben und hatte ihn zu einem geschickten ,Verhandler' werden lassen. So war er nach einem abgebrochenen Jurastudium in den USA und einem schnell und zielstrebig durchlaufenen Studium der Verfahrens- und Elektrotechnik in Europa gegen Ende der siebziger Jahre eher zufällig in die Rolle eines Lobbyisten geschlüpft, die ihm in den sehr erfolgreichen Anfangsjahren recht schnell zu einem ansehnlichen Vermögen verholfen hatte.

Nun hatte er schon fast zwei Stunden - wie ein Anfänger bei der Polizei bei einem Beobachtungsjob - wartend vor dem Werkstor verbracht und irgendwie fand er das unter seiner Würde. „Diesen Auftrag noch", dachte er, „dann sehen wir weiter." Eine Sirene hatte die Mittagszeit angekündigt, aber nur wenige Angestellte hatten das Gelände verlassen und unter denen war nichts Vielversprechendes dabei gewesen. Offenbar verbrachten die meisten Leute die Mittagszeit in der firmeneigenen Kantine, also vertröstete Mattson sich auf den Abend, fuhr in die Innenstadt zurück, kaufte sich ein paar Zeitschriften und begab sich in sein Hotelzimmer.

Am späten Nachmittag dann parkte er wieder nahe am Werkstor und gegen halb sechs Uhr verließen mehrere eventuell in Frage kommende Exemplare ihre Arbeitsstätte. Eines seiner potentiellen Opfer verließ in einem *Minicooper* den Werksparkplatz, und Mattson folgte der Frau. Ärgerlich musste er aber bereits nach wenigen Minuten umkehren, um sein Glück erneut zu versuchen. Die Dame war zu einem nicht allzu weit entfernt gelegenen Einfamilienhaus gefahren und wurde von einem etwa zwölfjährigen Buben an der Haustür in Empfang genommen.

Wieder zurück am Werkstor, hatte er wenig Hoffnung, an jenem Abend noch fündig zu werden, denn es sah so aus, als hätte die komplette Belegschaft die Firma bereits verlassen. Nur noch wenige PKWs warteten auf ihre Besitzer. Mattson beschloss dennoch zu warten und wurde letztlich doch noch belohnt. Ein Paar verließ das Hauptgebäude, offenbar Vorgesetzter und Mitarbeiterin, deren Körpersprache eine enge Vertrautheit vermuten ließ. Gleich nach ihnen kam ein weiters Paar durch das Werkstor, *sie* genau der Typ den Mattson sich vorgestellt hatte. Der Mann bestieg einen größeren *Mercedes* und *sie* begab sich zu einem weiter entfernten *VW-Golf*. ‚Chef und Sekretärin‘, klingelte es in Mattsons Gehirn. Er beschloss ihr zu folgen. Vor einer kleinen Doppelhaushälfte parkte sie ihren Wagen, bückte sich nach ihrem Bordcase, schaute im Briefkasten nach und verschwand im Haus. Mattson war zwar etwas enttäuscht, denn er hatte auf eine Mietswohnung gehofft, beschloss aber dennoch eine eventuelle weitere Entwicklung abzuwarten, schließlich hatte er nichts weiter vor an jenem Freitagabend und ihm grauste schon jetzt vor einem langweiligen Wochenende in dieser kleinen Stadt, das ihn womöglich wieder ins Grübeln versetzen würde. Ein paar Wagen weiter fand er eine geeignete Parklücke, von der aus er ihr Haus im Blick behalten konnte.

Nur selten kam der eine oder andere Fußgänger an seinem Wagen vorbei, eine Gruppe Jugendlicher kicherte sich auf der gegenüberliegenden Straßenseite, mit einer Plastikflasche Fußball spielend, langsam Richtung Innenstadt voran und dann wurde es wieder sehr ruhig in der Gegend. Man war wohl überall mit dem Abendessen beschäftigt. Mattson seufzte auf und setzte sich im Wagen so zurecht, dass er es noch ein paar Stunden würde aushalten können. In dem bewussten Haus war alles ruhig geblieben. Als es langsam dämmrig wurde, öffneten sich dort nacheinander alle Fenster und seine Zielperson im Unterhemd goss die Blumen in ihren Kästen vor der Fensterbank. Oben ging Licht an. Nach einigen Minuten sah er, dass die Fensterscheiben von innen beschlugen. Offenbar das Badezimmer, wahrscheinlich nahm sie eine Dusche. Ein Hoffnungsschimmer: Vielleicht ging sie ja doch noch aus, denn zum Schlafengehen war es schließlich noch zu früh.

Und sie *ging* noch aus. Mattson erkannte die Frau fast nicht wieder, als sie nach fast einer weiteren Stunde das Haus verließ. Ihre Frisur war verändert, Löckchen umrahmten ihr Gesicht und ihre Kleidung war eher die eines Twens, als die einer seriösen Chefsekretärin. Er folgte ihr hinunter in die Altstadt und bekam Probleme mit dem Parken. Um sie im Auge zu behalten, fuhr er sehr langsam über den Stadtplatz und behinderte den Verkehr hinter sich. Er sah, wie sie in den *Grüben,* einer Altstadtstraße, verschwand, nachdem sie ihr Auto in der letzten freien Parkbucht am Kirchplatz abgestellt hatte. Kurz entschlossen riskierte Mattson einen Strafzettel, parkte auf einem der ständig unbesetzten Behindertenparkplätze und folgte ihr in die leicht abschüssige Gasse. Obwohl er vom Stadtplatz kommend weit in die enge Straße hinunterschauen konnte, entdeckte er sie nicht mehr. Sie musste in einem der ersten Häuser bereits verschwunden sein und er nahm an, dass es sich um irgendeine Kneipe handeln musste, in der er sie finden könnte.

Gleich im ersten Restaurant hatte Mattson Glück. Sie saß auf einem Barhocker direkt hinter dem Eingang und bestellte gerade ein Getränk. Neben ihr war natürlich kein freier Platz und so gesellte er sich, in der Hoffnung, sich im weiteren Verlauf des Abends bis zu seinem Opfer vorkämpfen zu können, am Ende des Tresens zu den Leuten, die dort im Stehen ihre ‚Hoibe' konsumierten. Wie in solchen Örtlichkeiten oft üblich, kannten sich die meisten der Bar-Steher offensichtlich untereinander. Zwei Gruppen konnte er unterscheiden: Die einen beteiligten sich mehr oder weniger angeregt an einer Diskussion, bei der es im Moment um die Formel-1-Rennen der letzten Tage ging. Die anderen hatten ihren Biertopf auf dem Tresen stehen, stierten stumm vor sich hin, wurden nur wach, wenn irgendjemand

eine ihrer Meinung nach völlig abstruse Äußerung
tätigte, nur um nach einem recht einsilbigen Einwurf
ihrerseits wieder in Lethargie zu versinken. Der Ton
wurde zwischendurch manchmal etwas rauer und
‚seine Sekretärin‘ steckte mitten drin, redete eifrig
mit und war wie alle anderen eine ausgesprochene
Expertin für jedes angeschnittene Thema. Mattson
fühlte sich als Fremdkörper am Tresen, und da er an
diesem Abend noch nichts gegessen hatte, suchte er
sich einen Platz an einem der vielen kleinen Tische,
die auf den verschiedenen Ebenen des gesamten unteren Teils des Gebäudes verteilt standen. Er ging
nicht in den poppig gestalteten Keller, sondern fand
im Hochparterre einen Platz, von dem aus er das Geschehen mitsamt der ihn interessierenden Dame im
Blick behalten konnte. Fast eine Stunde lang beobachtete er sie. Immer wieder kamen ein paar späte
Gäste in die Kneipe, schauten sich um, gingen wieder oder setzten sich, wenn irgendwo etwas frei
wurde, zu einem Bier und einer Leberkässemmel.
Das Pärchen an seinem Tisch diskutierte den aben-
teuerlichen Wandschmuck und die ebenso exotische
Dekoration der Gaststätte, dann kam die Bedienung
und meinte, wenn noch jemand etwas essen wolle,
dann sei jetzt die letzte Gelegenheit für eine Bestellung, denn die Küche würde nun bald schließen.
Seine Tischgenossen entschieden sich zum Auf-

bruch, aber Mattson bestellte sich noch etwas, obwohl er eigentlich schon satt war. An der Bar drehte sich das Gespräch – oder wie man das nennen sollte – inzwischen um Fußball. Er hatte nebenbei mitbekommen, dass man sein ‚Opfer‘ allgemein *Mara* nannte, dass immer wieder der eine oder andere Zechkumpan versuchte, ihr freundschaftlich den Arm um die Schulter zu legen, und dass sie dies jedes Mal nicht unfreundlich, aber bestimmt zu verhindern gewusst hatte. Gerade, als Mattsons Tischgenossen gezahlt hatten und sich zum Gehen wandten, hatte man ihr an der Bar einen großen Teller vorgesetzt, den sie nun zusammen mit Besteck und Serviette in die Hand nahm, sich umschaute und nach einem freien Platz an einem der Tische suchte. Ihre Blicke trafen sich und er deutete auf die frei werdenden Plätze an seinem Tisch hin. Er sah, dass sie kurz zögerte, dann aber auf ihn zu kam und sich mit einem „Danke“ zu ihm setzte. Die Bedienung brachte ihr noch ein Bier nach sowie die von Mattson bestellten *Wienerle* und beide machten sich über ihr Essen her. Er beglückwünschte sich gerade dazu, dass seine Geduld schließlich doch noch zu einer viel versprechenden Situation geführt hatte, wollte gerade ein Gespräch mit Mara beginnen, als etwas geschah, was ihm noch nie im Leben passiert war. Mara schaute kauend auf, sah ihn scharf an und fragte:

„Was wollen Sie eigentlich von mir? Wollen Sie mich vögeln?“

Das verschlug ihm nun doch beinahe die Sprache, aber er wäre nicht Mattson gewesen, wenn er nicht so etwas wie „Wenn’s genehm ist? Ich hätte nichts dagegen“, herausgebracht hätte. Fragte dann, als er sich gefangen hatte: „Wie kommen Sie denn *darauf*? Ich wollte nur freundlich sein und sie auf den frei werdenden Platz aufmerksam machen.“

„Erzählen Sie mir nichts! Sie stieren mich schon den ganzen Abend in einer Tour an. Glauben Sie ja nicht, dass ich das nicht bemerkt hätte.“

Verdammt, er hatte nicht gewusst, dass er sich so ungeschickt verhalten hatte, deshalb entschied er sich für eine volle Breitseite:

„Sind Sie es nicht wert, dass man Sie anschaut?“

„Kommt drauf an, *wer* mich anglotzt!“

„Eigentlich müssten Sie das doch gewöhnt sein, immerhin schauen Sie nicht gerade abstoßend aus.“

„Danke für das Kompliment, aber ich mag das trotzdem nicht.“

„Dann dürfen Sie aber auch nicht ein solches Doppelleben führen.“

„Was soll *das* denn jetzt heißen? Doppelleben – wie kommen Sie denn auf *diese* Idee?“

„Nun ja, tagsüber spielen Sie die brave Sekretärin und nachts lassen Sie die Puppen tanzen.“

„Woher wissen Sie das? Sie haben mich doch noch nie gesehen."

„Doch", Mattson hatte einen seiner seltenen Anfälle von Offenheit. „Ich habe Sie heute Nachmittag aus der Firma kommen sehen. Ich wollte eigentlich Herrn Dr. Geissen sprechen, aber ich hatte mich verspätet. Sie sind doch seine Sekretärin, oder?"

„Stimmt… Aber, Respekt, dass Sie mich hier wiedererkannt haben."

„Ich habe eben ein gutes Gedächtnis für schöne Gesichter."

„Und was *wollten* Sie bei uns?"

„Ich glaube, darüber rede ich lieber erst einmal mit Ihrem Chef."

„Und *ich* glaube, ich erfahre es dann *sowieso*."

„Na ja, das kann schon sein… die GX-Tec arbeitet doch gerade an so einem geheimen Überprüfungsprojekt… „

„Ach ja, und da möchten Sie mich jetzt ausquetschen, oder was?"

„Was heißt ‚ausquetschen'? Ich wäre dankbar für ein paar Tipps, wie weit Sie damit gekommen sind."

"Wissen Sie was? Selbst wenn ich etwas darüber wüsste - da können Sie mich jetzt mit Alkohol vollschütten - ich würde Ihnen nichts sagen… Da denkt man, ein vielversprechender Typ interessiert sich für einen, und dann ist das ein Spion!"

„Kann man nicht das Angenehme mit dem Nütz-
lichen .... ?“

„Schluss, Ende, aus!“, damit sprang sie auf. „Sehen Sie zu, dass Sie schnell weiterkommen, sonst
spreche ich mal eben mit meinen Freunden hier“,
drehte sich um und mischte sich wieder unter ihre
Kumpel an der Bar. Ihr Essen ließ sie stehen.

Mattson warf einen angemessenen Betrag auf
den Tisch und verließ eilig die Kneipe, als er hörte,
wie einer ihrer Freunde sie fragte, ob sie „mit dem
Typ dahinten“ Schwierigkeiten hätte…

* * *

Mattson wäre ein sehr erfolgloser Lobbyist
gewesen, hätte ihn die brüske Ablehnung der Sekretärin in irgendeiner Weise von seinen Plänen abgehalten. Es war ihm klar, dass ihm die Szene im
Wirtshaus den Zugang zu Dr. Geissen nicht gerade
erleichtern würde, aber Ablehnung hatte er im Leben
schon sattsam ertragen müssen, hatte sich aber stets
durchsetzen können. So betrat er am Montagmorgen
freundlich lächelnd das Foyer der GX-Tec und bat
die Dame hinter der Empfangstheke darum, den
Herrn Direktor sprechen zu können. Natürlich kam
sofort die Gegenfrage,

„Haben Sie einen Termin?“

118

„Das nicht, aber schauen Sie, ich bin direkt von Berlin hierher gekommen, um mit Dr. Geissen Kontakt aufnehmen zu können. Vielleicht könnten Sie einmal nachfragen, ob er nicht ein paar Minuten entbehren kann."

„Gut, ich wird's versuchen…Können Sie mir einen Hinweis geben, worum es geht?"

„Das möchte ich mit Herrn Dr. Geissen, bitte, lieber selber klären. Aber, bitte, versuchen Sie Ihr bestes. Hier ist übrigens meine Karte", und er reichte ihr eine Karte aus seiner Sammlung. Die Karte lautete auf *Benson*, und als Firmenhintergrund stand dort ITT.

„Danke. Tu ich. Wenn Sie vielleicht dort drüben solange Platz nehmen würden… einen Kaffee oder so?"

„Danke, nein, komme gerade vom Frühstück … . Ok, ich warte dann mal."

Er hörte noch, wie die Empfangsdame in ihr Telefon sprach:

„Hallo, Mara, hier wäre jemand…"

Er musste lange warten, dann klingelte hinter dem Tresen zum x-ten Mal das Telefon. Die Empfangsdame schaute zu Mattson hin: „Ok, ich sag's ihm", und legte wieder auf, kam hinter ihrer Brüstung hervor und ging auf Mattson zu.

„Herr Benson, dem Chef tut es außerordentlich leid, aber etwa eine Stunde müssten Sie sich schon noch gedulden… Vielleicht haben Sie in der Zwischenzeit noch etwas zu erledigen? Die Innenstadt ist nicht weit."

„Nein, danke, ich bleibe lieber hier."

„Wie Sie wünschen." Und damit wandte sie sich wieder ab.

Es verging etwas mehr als eine quälende Stunde, in der er fast alle dort an der Sitzgruppe ausgelegten Zeitschriften und auch die firmeneigene Reklame durchblätterte, hin und wieder aufstand, um aus den verschiedenen Fenstern hinaus zu schauen und das Firmengelände zu betrachten. Endlich wandte sich die Rezeptionistin ihm wieder mit der Ansage zu: „Herr Benson, sie werden gleich hinaufbegleitet."

Aus dem Fahrstuhl heraus kam die Frau, die ihn drei Tage zuvor in der Altstadtkneipe so grauenhaft hatte abblitzen lassen. Sie war wieder elegant gekleidet, sah so frisch frisiert aus, als käme sie gerade vom Coiffeur und stilettierte mit sicherem Schritt auf ihn zu. Sie reichte ihm die Hand mit den Worten: „Ah, Herr Benson, wir kennen uns ja bereits… wenn Sie mir bitte folgen würden", und ging ihm voran wieder auf den noch wartenden Aufzug zu. Benson hatte schon oft davon gehört, dass Menschen in einem solchen Gefährt häufig von Peinlichkeitsattacken heimgesucht würden, sie wussten dann nicht, wohin sie schauen sollten, und fanden es äußerst unangenehm, die anderen Mitfahrer direkt anzusehen.

120

Er selbst hatte ein solches Gefühl nie gekannt, spürte diesmal jedoch ziemlich deutlich, was damit gemeint war. Ehe er sich ein paar wohlgesetzte Worte an diese Mara überlegt hatte, waren sie schon auf der Chefetage angekommen, die Sekretärin bat ihn, noch einen Moment im Vorzimmer Platz zu nehmen, und verschwand im Allerheiligsten. Es dauerte fast zehn Minuten, dann hörte plötzlich das Telefon nicht mehr auf zu klingeln, die Sekretärin stürzte ins Zimmer, hörte dem Anrufer kaum zu und sagte nur: „Ja, ich verbinde Sie mit Dr. Geissen". Sie schaute Entschuldigung heischend zu Mattson hin, zuckte die Schultern und meinte: „Sie sehen ja, was hier los ist. Kann ich Ihnen irgendetwas anbieten?" Mattson lehnte dankend ab und grummelte nur so etwas wie, „… warte schon seit Stunden…". Innerlich verfluchte er sich. So ungeschickt wie bei diesem Fall hatte er sich noch nie angestellt.

Kurze Zeit später wurde die Tür aufgerissen und Dr. Geissen stürmte herein. Er wandte sich direkt an seinen wartenden Besucher:

„Herr …"

„Benson."

„Ja, Herr Benson, da ist etwas passiert, ich muss sofort weg. Mara, bitte, machen Sie mit Herrn Benson einen neuen Termin aus und sagen Sie, bitte, alles für heute ab. Sie wissen, wie Sie mich notfalls erreichen können… Tut mir leid, Herr Benson…“ , und damit war er schon verschwunden.

Es dauerte ein paar Minuten, bis Mattson sich mit der Sekretärin auf einen neuen Termin geeinigt hatte, dann brachte sie ihn wieder zum Aufzug zurück. Weitere peinliche Minuten der Sprachlosigkeit verstrichen, ehe der Aufzug kam und Mattson wieder hinuntergebracht und verabschiedet wurde. Er schaute auf die Uhr, es war kurz vor zwölf.

„Sie haben doch sicher eine Kantine hier, meinen Sie ich könnte da zu Mittag essen?“

„Aber natürlich, sagen Sie dort nur, dass Sie Dr. Geissens Gast sind. Meine Kollegin hier wird sie hinbringen.“ Die Rezeptionistin sprach leise mit der Sekretärin und diese verschwand dann durch eine Tür hinter dem Empfangstresen, während eine weitere, herbeizitierte junge Dame Benson hinüber in die Kantine begleitete und dort auch gleich Bescheid gab, dass Herr Benson Gast des Hauses sei.

Noch war kaum etwas los in der Kantine und um Zeit zu schinden, begab Mattson sich zunächst einmal ausgiebig in den Waschraum. Er wollte sich seine Tischgenossen selbst aussuchen und lehnte das freundliche Angebot der Bedienung, für ihn im Gäste-Separee zu decken ebenso freundlich ab mit dem Bemerken, „Ach, wissen Sie, danke, das ist nicht nötig. Ich bin sowieso den ganzen Tag allein und freue mich, wenn ich ein wenig Unterhaltung habe.“

Im Waschraum hörte er die Mittagssirene und bald darauf füllte sich der Speisesaal. Mattson ging zur Essensausgabe, die aufmerksame Kellnerin sagte am Tresen Bescheid, dass der Herr keine Essensmarke abzugeben bräuchte, er sei Gast der Direktion, dann flüsterte sie Mattson noch zu: „Wenn Sie Unterhaltung brauchen, gehen Sie zu Tisch 17, da ist immer was los. Und nehmen Sie die Kohlroulade, die ist sehr gut heute.“ Mattson bedankte sich, drückte ihr einen Fünf-Euro-Schein in die Hand und stellte sich ein Menu zusammen, wobei er dem Rat der Bedienung durchaus Folge leistete, dann suchte er den angegebenen Tisch, fragte, ob er sich dazusetzen dürfe und nahm Platz.

„Sie arbeiten aber nicht hier, oder?“, wurde er sofort angesprochen.

„Da haben Sie recht, ich bin Gast des Chefs.“

„Aber für Gäste gibt es doch das Extra-Zimmer, da werden Sie viel besser bedient.“

„Ich weiß, ich weiß, aber ich wollte da nicht allein herumhocken, ich bin lieber unter Leuten.“

„Für welche Firma arbeiten Sie denn?“

„Ich vertrete eine große Telekommunikationsfirma.“

„Ach ja? Haben Sie irgendwas mit diesem Großauftrag zu tun?“

‚Verdammt‘, dachte Mattson, ‚diese Typen können einen aber ganz schön ausfragen‘, aber er wurde sofort hellhörig: „Was für ein Großauftrag?“

„Na ja, ich verrate wohl kein Geheimnis, aber hier weiß jeder, dass da etwas läuft. Die Abteilung „S“ macht da wohl noch die letzten Tests. Scheint noch ziemlich geheim zu sein, aber die haben schon vor Monaten das Bunker-Labor bezogen.“

„Bunker-Labor? Was wird denn *da* gemacht?“

„Ach, das heißt nur so. Das ist ein strahlungssicher abgeschirmtes Labor für Hochfrequenztests. Komischerweise arbeiten da zur Zeit nur zwei Leute drin. Schauen Sie, die beiden, die da gerade zur Tür reinkommen. Der Abteilungsleiter und seine Mitarbeiterin.“

Mattson schaute auf und prägte sich die Gesichter ein. Das lief ja hier viel besser als erwartet. Aber dann wechselte er schnell das Thema, damit nicht noch etwa ein Verdacht aufkeimte.

„Und auf welche Produkte sind Sie hier sonst noch spezialisiert?“

„Eigentlich stellen wir gar nichts her, wir testen HF-Geräte für Kunden, die so etwas auf den Markt bringen wollen. TENS-Geräte, Magnetfeldbestrahler und so Zeug.“

„Und damit kann man so viel Geld verdienen?“, Mattson schaute sich anerkennend um und wies auch auf das ausgedehnte Firmengelände vor den Fenstern hin.

„Ich weiß ja auch nicht, ich arbeite ja nur im Lager. Aber, wissen Sie, es wird ja immer mehr elektronischer Krimskrams hergestellt, und das Zeug braucht Prüfgutachten und Plaketten. Sie glauben ja gar nicht, was da zum Beispiel aus China für ein Schrott hier vorgelegt wird, kann man fast immer gleich entsorgen." Das Gespräch ging noch eine halbe Stunde so weiter, brachte Mattson jedoch keine weiteren verwertbaren Informationen, also brach er mit den anderen an seinem Tisch die Mittagspause ab und machte sich auf den Weg in sein Hotel. Er nahm sich vor, des Abends rechtzeitig wieder auf dem Parkplatz der GX-Tec zu sein.

Was Mattson *nicht* wusste, war, dass Geissen von seiner Sekretärin über deren freitägliches Intermezzo mit dem Herrn Benson in der Altstadtkneipe ins Bild gesetzt worden war und während der guten Stunde, die Mattson beim Empfang hatte warten müssen, mehrfach versucht hatte, seinen Freund Huber in Berlin zu kontaktieren. Schließlich rief dieser zurück und Geissen berichtete ihm von dem Aushorchversuch, dem seine Vorzimmerdame durch einen gewissen Herrn Henry Benson ausgesetzt gewesen war.

„Bist du sicher, dass der Name *Benson* ist? Nicht vielleicht *Mattson*?“, wollte Huber wissen.

„Ich habe seine Karte hier vor mir, darauf steht *Henry Benson, ITT-Consulting.*“

„Mann, ich habe da einen bestimmten Verdacht. Kannst du es hinbekommen, ein Foto von ihm zu machen und mir zu mailen?“

„Wahrscheinlich haben wir ihn im Foyer bereits auf der Überwachungskamera.“

„Wimmel ihn erst einmal ab und schau nach. Red nicht mit ihm, bevor ich ihn nicht gesehen habe, ok?“

„Gut, mach ich. Bis dann.“

Geissen hatte kurz überlegt, war in sein Vorzimmer hinausgestürzt, hatte einen Notfall vorgegeben, sich bei Benson entschuldigt und war dann direkt zum Empfang hinuntergefahren.

„Ist die Überwachungsanlage eingeschaltet?“, fragte er die Frau hinter der Theke.

„Die läuft immer. Brauchen Sie etwas Bestimmtes? Da kann der Maxl Ihnen bestimmt helfen, Herr Direktor.“ Sie öffnete eine Paneeltür hinter dem Tresen und führte ihn in den Überwachungsraum. Der Hausmeister wurde geholt und Geissen ließ sich die Aufzeichnungen der letzten beiden Stunden vorführen. Benson war mehrfach darauf zu sehen. Sie druckten schnell mehrere Bilder aus und Geissen begab sich wieder hinauf in sein Büro.

„Bitte, Mara, schicken Sie die Bilder alle an diese Mailadresse, jetzt gleich." Er gab ihr die Adresse und fügte noch hinzu: „Danach kommen Sie bitte zu mir rein."

Die Sekretärin tat, wie ihr geheißen und stand zehn Minuten später im Büro ihres Chefs. Der saß da, trommelte mit den Fingern auf der Schreibtischplatte herum, stand auf, ging ans Fenster und wieder zurück. „Für wann haben Sie mit dem Benson den Termin gemacht?"

„Übermorgen, also Mittwoch früh um neun Uhr."

„Na gut. … Warum meldet sich der Huber nicht?"

„Geduld, Chef, der sitzt doch bestimmt nicht dauernd direkt auf seinem Rechner."

Es dauerte noch ein paar Minuten, ehe Huber sich meldete:

„Bingo, Xaver, ich hab's geahnt. Der Mann heißt Mattson, *nicht* Benson. Er ist ein durchtriebener Lobbyist und arbeitet mit allen Mitteln. *Mich* hat er auch schon versucht einzuwickeln."

„Okay, und wie soll ich mich deiner Meinung nach verhalten?"

„'Okay' ist gar nichts, denn jetzt habe *ich* hier ein Problem. *Wie* hat der Saukerl von unserem geheimen Deal erfahren?! Aber *der* Sache gehe ich nach, das werde ich schon herausbekommen. Wie *du* dich verhalten sollst? Ich würde sagen: Lass ihn reden, zeichne das Gespräch auf und dann schmeiß ihn raus."

Geissen schaute seine Sekretärin an und fluchte: „Verdammt! Jetzt müssen wir uns hier fast noch einen Werksschutz aufbauen... Wenn der Heini kommt..."

„Das ist ganz einfach, Chef", grinste Mara bösartig. „Ich besorge zwei kräftige Typen aus unserer Poststelle, die halte ich in der Hinterhand, und wenn Sie den Benson rauswerfen wollen, dann klingeln Sie nach mir und die beiden geleiten ihn dann bis zu seinem Auto, okay?"

* * *

Am gleichen Abend stand Mattson mit seinem Wagen wieder auf dem Parkplatz vor dem Firmengelände von GX-Tec und beobachtete, wie die Belegschaft langsam die Gebäude verließ und sich in den Feierabend verabschiedete. Allzu lange brauchte er nicht zu warten, dann sah er die beiden, die ihm in der Kantine gezeigt worden waren, den Abteilungsleiter und dessen Mitarbeiterin. Ihrer Körpersprache nach waren die zwei nicht nur Arbeitskollegen, sondern wohl auch privat enger befreundet. Mattson beobachtete sie, wie sie ihren Wagen bestiegen und in die Stadt, wahrscheinlich nach

Hause fuhren. Er folgte ihnen zu einer Mietskaserne in der Neustadt, sah, wie beide ausstiegen und im Haus verschwanden. Er wartete noch einen Moment, dann begab er sich zu dem Hauseingang und studierte die Klingelanlage. Keiner der Namen sagte ihm etwas, deshalb griff er in die Tasche, holte sein Notizbuch heraus und notierte alle Mieternamen der Klingelplatte. Wenn der Mann tatsächlich Abteilungsleiter war, würde er spätestens übermorgen dessen Namen auf dem Wegweiser in der Empfangshalle bei GX-Tec wiederfinden, wenn er ihm nicht schon vorher im Telefonbuch oder im Internet auf die Spur kommen konnte. Eilig fuhr er wieder in sein Hotel, ließ sich ein Telefonbuch geben, bekam auch ein Adressbuch der Stadt und begab sich hinauf in sein Zimmer. Er schaute sorgfältig die Namen vom Klingelbrett durch, verglich sie mit dem Telefon- und dem Adressverzeichnis und wurde fündig. In beiden Büchern fand er unter den Namen und Adressen den Eintrag *Dr. Michael Brunner*, während auf der Klingel nur lakonisch der Name *Brunner* zu lesen gewesen war. Anschließend ging Mattson ins Internet und googelte den Namen mit dem Zusatz *Diplomingenieur*. Er fand mehrere Einträge und einen, der eine Schrift über Strahlensicherheit von einem Autor namens *Dr. Michael Brunner* anbot. Das musste der Gesuchte sein. Es handelte sich um das Abstract zu einer Forschungsreihe aus dem Jahr

1998, durchgeführt bei GX-Tec, Burghausen. „Bingo", er ließ sich aufs Bett fallen und dachte darüber nach, in wieweit ihm die neugewonnene Erkenntnis hilfreich sein konnte. Etwas später riss ihn sein Handy aus den Gedanken. Sein ‚Führungsoffizier', Frau Andeler, erkundigte sich nach dem Stand der Dinge. Als Mattson sie wieder vertrösten musste, beendete sie das Gespräch mit den Worten: „Herr Mattson, ich muss Sie an den Vorschuss erinnern, den Sie bisher schon erhalten haben. Ich muss Sie auch daran erinnern, dass die Sache eilt und dass wir keinerlei Störfeuer gebrauchen können. Sie haben ja Ihre Methoden und waren bisher sehr erfolgreich. Wir vertrauen Ihnen weiterhin, aber das kann nicht ewig so weitergehen. Entweder Sie schaffen das in den nächsten Wochen oder wir müssen zu anderen Maßnahmen greifen. Notfalls kaufen Sie die Bude für den Dachverband.", und damit legte sie auf.

* * *

Die von der Handyindustrie der Regierung vorgelegten Messwerte und Berechnungen wurden von Michi und Sandra verifiziert und für weitgehend in Ordnung befunden. Besonders bestechend schienen die rein physikalischen Berechnungen zu sein, die sich alle mit der Erwärmung von Gehirnzellen unter dem Einfluss einer am Kopf emittierten Sendestrahlung beschäftigten. Eventuelle negative Einflüsse auf nervlicher Ebene wurden zwar nicht rundweg ausgeschlossen, aber als ‚unterhalb jeglicher Nachweisgrenze' abgetan. Also begannen Michi und Sandra damit, die im Internet zu Hauf aufgezählten Ergebnisse der Kritiker technischer Strahlung auf den Prüfstand zu stellen. Sie wiederholten zum Beispiel das Mäuse- und Rattenexperiment und fanden es in beunruhigender Weise bestätigt. Die Tiere wurden zunächst desorientiert und - bei höheren Dosen oder längerer Bestrahlungszeit – lethargisch. Wie schon im ‚Unterrichtsmaterial der PH Heidelberg' beschrieben, zeigten Blutproben schon nach zwanzig Sekunden Bestrahlung in der üblichen Stärke, wie sie bei einem Handy-Telefonat entsteht, im Bereich des bestrahlten Gewebes Blutverklumpungen, das Blut wurde zähflüssiger, konnte kleinste Adern verstopfen und durch die Verkleinerung der Oberfläche der roten Blutkörperchen weniger Sauerstoff transportieren. Noch zehn Minuten nach dem ‚Telefonat' waren in erneuten Blutproben solche Blutverklumpungen deutlich zu erkennen. Ähnliche Effekte traten im elektromagnetischen Feld von schnurlosen Telefonen auf. In der Petrischale gezüchtete Zellen reagierten unterschiedlich stark, aber reagieren taten fast alle. Zellmembranen schlossen sich nicht mehr, verhinderten so den osmotischen Ausgleich der Zell- und der Umgebungspotentiale, verhärteten sich und starben ab. Allein durch die beschleunigte Zellerneuerungsrate entstand für den Organismus ein erhöhter Stress, der sich bei den Versuchstieren durch Lethargie bemerkbar machte. Insgesamt gesehen, konnte man davon ausgehen, dass jedes angelegte elektromagnetische Feld einen Einfluss auf den Organismus hatte, dies galt vornehmlich bei gepulster Strahlung. Eine solche Strahlung tritt besonders bei Mobiltelefonie auf und wirkte auch bei Michis und Sandras Laborversuchen speziell auf Nervenzellen. Sie war im Vergleich mit kontinuierlichen, ungepulsten Emissionen um ein Vielfaches stärker. In der Literatur fanden sie den treffenden Vergleich zwischen normaler Bohrmaschine und einem Bohrhammer, der durch seine ‚gepulst‘ eingesetzte Kraft bei gleich hohem Energieverbrauch so wesentlich effizienter ist - zum Beispiel beim Durchlöchern von Beton.

* * *

Pünktlich zum vereinbarten Termin stand Benson/Mattson auf der Matte, Geissens Sekretärin meldete ihn kurz an und geleitete ihn in das Zimmer des Chefs, dann verschwand sie und holte die beiden ‚Bodyguards‘, die sie aus dem Lager rekrutiert und ins Bild gesetzt hatte, zu sich ins Vorzimmer, wo sie bei einer Tasse Kaffee die Entwicklung abwarteten.

„Nun, Herr Benson, was führt Sie zu mir, womit kann ich Ihnen dienen?" Mit diesen Worten bat Geissen den Besucher Platz zu nehmen und tastete gleichzeitig unter dem Schreibtisch nach dem Knopf, mit dem er das Aufnahmegerät einschaltete.

„Einen beeindruckenden Betrieb haben Sie hier, Herr Dr. Geissen. Und alles noch in Familienbesitz, soweit ich informiert bin?"

„Gott sei Dank. Ich lege größten Wert darauf, mein eigener Herr zu sein. Da kann mir dann niemand dreinreden."

„Das kann ich gut verstehen. Soweit habe *ich* es leider nie gebracht."

„Na, Herr Benson, soweit ich das Ihrer Karte entnehmen kann, sind Sie doch ebenfalls selbständig… Und von Kundenaufträgen leben wir doch alle."

„Stimmt schon, aber zwischen unseren beiden Unternehmen liegen Welten. Ich bin ja praktisch nur ein Einmannbetrieb mit ein paar Telefonen und einer Sekretärin."

„Na ja, wir können ja nicht *alle* so viel Verantwortung übernehmen, nicht wahr? Aber kommen wir zur Sache. Was ist Ihr Anliegen, Herr Benson?" War die Unterhaltung bis dahin eher zivilisiert abgelaufen und von beidseitigem jovialem Lächeln begleitet gewesen, so konnte Geissen nun eine gewisse Aggression in der Stimme nicht mehr unterdrücken. Auch Benson/Mattson wurde jetzt ernst.

„Also... Ich bin hier im Auftrag mehrerer potenter Konzerne der Elektro- und Elektronikindustrie. Die leitenden Herren machen sich Sorgen, seit ruchbar geworden ist, dass die Bundesregierung offenbar dabei ist, bestimmte Grenzwerte auf den Prüfstand zu stellen.“

„Ja, und was haben *wir* hier damit zu tun?“

„Herr Dr. Geissen, spielen wir doch, bitte, mit offenen Karten. Meinen Informationen zufolge ist Ihnen das gesamte Material, das zur Festsetzung der Strahlungs-Grenzwerte für drahtlose Telefonie geführt hat, aus Berlin übersandt worden.“

„Nun, Herr Benson... selbst wenn dem so wäre... ich wäre nicht bereit, mit Ihnen eine solche Angelegenheit zu diskutieren.“

„Ich glaube aber, dass es in Ihrem ureigensten Interesse wäre, mich zumindest *anzuhören*.“

„Na gut, ich höre.“

„Also: Wie Sie sicher wissen, geht es hier um eine Technologie, die in den nächsten Jahren zigtausende Arbeitsplätze und den betroffenen Industrien ungeahnte Gewinne verspricht. Dabei geht es schließlich nicht nur um die mobile Telefonie. Es

134

geht um die komplette Vernetzung aller Lebensbereiche. Ganze Haushalte können dann über Funk von fern gesteuert werden, es wird intelligente Bekleidung geben, die zum Beispiel Ihre Körperfunktionen abfragt und Ihre Gesundheits- oder Krankheitsdaten an ihren Hausarzt übermittelt. Es wird selbstfahrende Autos geben, die sich mit anderen Verkehrsteilnehmern über Funk verständigen und Unfälle, die auf menschliches Versagen zurückgehen, praktisch unmöglich machen.“

„Das weiß ich alles, Herr Benson, aber was habe *ich*, beziehungsweise, was hat *meine Firma* mit all dem zu tun?“

„Herr Dr. Geissen, allein für Deutschland geht es dabei um viele Milliarden. Sie können doch nicht annehmen, dass sich die Industrie und die Wirtschaft dieses lukrative Geschäft entgehen lassen wird, nur weil ein paar grün und stark esoterisch angehauchte Wissenschaftler in einem kleinen Betrieb wie dem Ihren sich mit ihren Erkenntnissen *gegen* diese Entwicklung zu stemmen versuchen. Ich bin befugt, Ihnen eine enorme Summe zu bieten, falls Sie diese Forschungen in *unserem* Sinne abschließen oder den Auftrag zurückgeben könnten. Andernfalls…“

„Andernfalls?“

„Andernfalls sähen wir uns gezwungen, Ihnen für Ihre Firma ein Angebot zu unterbreiten, das Sie unmöglich abschlagen könnten... oder Sie zu ruinieren. Sie dürfen mir glauben, dass meine Auftraggeber dazu mit nur geringem Aufwand in der Lage sind."

„Herr *Mattson*! Jaja, ich weiß, dass Sie sich hier unter falschem Namen bewegen. Herr Mattson, ich erkläre dieses Gespräch für beendet. Ich möchte Sie bitten zu gehen."

„Nun seien Sie doch vernünftig...", aber Geissen hatte bereits den Klingelknopf betätigt und seine Sekretärin betrat mit den beiden Bodyguards das Büro. Mattson konnte noch ein „Sie werden von mir hören" ausstoßen, dann wurde er mehr oder weniger unsanft hinunter zum Parkplatz geleitet und die beiden kräftigen Männer beobachteten ihn, bis er fluchend das Gelände in seinem Wagen verlassen hatte.

Geissen zitterte vor Empörung und Mattson sann auf Rache. Beide waren nie zuvor in einer solchen Situation gewesen.

* * *

Während Geissen sich im Vorzimmer wutschnaubend auf- und abgehend gegenüber seiner Sekretärin und anschließend in einem längeren Telefonat mit Huber abreagierte, wurde Mattson, als er sich ein wenig beruhigt hatte, langsam bewusst, dass es wohl äußerst schwierig werden könnte, seinen Auftrag zu einem positiven Ende zu bringen. Er sah ein, dass er sich auf dem Firmengelände von GX-Tec nicht mehr sehen lassen konnte und er war auch der Überzeugung, dass er mit legalen Mitteln nie und nimmer Zugang zu den Forschungsergebnissen Brunners und seiner Mitarbeiterin bekommen würde. Ihm kamen bei seinen Überlegungen, wie er an jene Ergebnisse herankommen und ihre Weiterleitung nach Berlin verhindern könnte, eigentlich nur noch kriminelle Vorgehensweisen in den Sinn: Er könnte versuchen, sich Zugang zur Wohnung Brunners zu verschaffen, dort würde er wahrscheinlich einiges Aufschlussreiche vorfinden, aber dann? ,Den ganzen Geissenschen Laden in die Luft jagen', schoss es ihm durch den Kopf, ,das könnte man dann - mit einem entsprechenden Bekennerschreiben - durchaus als terroristischen Akt, zum Beispiel der ,Al Kaida' oder irgendeiner anderen durchgeknallten Organisation darstellen.', aber, er sah ein, dazu fehlte ihm einfach die kriminelle Erfahrung und Energie, er verabscheute physische Gewalt. All seine bisherigen Erfolge hatte er immer auf dem Verhandlungsweg erreicht, aber dies schien ihm beim gegenwärtigen Stand der Dinge nicht mehr möglich zu sein. Brunner oder seine Mitarbeiterin auf seine Seite zu ziehen, war eine Option, aber er glaubte nicht, dass er dieses Pärchen knacken konnte. Mit Einzelpersonen konnte er fast immer irgendwie zu einem Deal gelangen, aber ein zusammenhaltendes Paar oder gar eine ganze Gruppe auf Abwege zu bringen, das traute er sich nicht zu, da spielten allzu viele menschliche Verhaltensweisen, Zuneigung, Ablehnung, divergierende Ab- und Ansichten, heimliche Hoffnungen und Ängste eine Rolle und erschwerten eine gemeinsame Haltung der Angesprochenen. Auch schien es ihm wenig realistisch, die Firma einfach aufzukaufen, wie seine Auftraggeberin vorgeschlagen hatte. Ein solches Unterfangen würde Monate, wenn nicht Jahre dauern und den ihm vage vorgegebenen Zeitrahmen sprengen. Außerdem würden diese beiden Spezialisten recht schnell anderweitig offene Ohren und einen neuen Job finden. Er würde das Problem nur verlagern und die ganze unliebsame Situation in die Länge ziehen. Also musste etwas geschehen, aber wozu er sich durchringen können würde, war ihm momentan völlig unklar. So beschloss er zunächst einmal, sich zur Mittagszeit ausgiebig gastronomisch verwöhnen zu lassen. Er machte sich auf den Weg hinüber nach Österreich, fuhr zunächst etwas ziellos in der Gegend umher und landete schließlich in einem Salzburger Nobelrestaurant. Während der Fahrt hatte er immer wieder darüber nachgedacht, wie er es anstellen konnte, seine Auftraggeber zufrieden zu stellen.

138

Die einzige Möglichkeit, die zu realisieren er sich – vielleicht – gerade noch in der Lage sah, war das Durchstöbern der Wohnung des Herrn Dr.Brunner… Wie aber unauffällig da hinein kommen?

Während Mattson auf das Essen wartete, blätterte er ein paar Zeitschriften durch, ließ sie plötzlich sinken und starrte in die Luft. Er holte unbewusst sein Handy aus der Rocktasche und spielte wieder mit der Antenne zwischen den Zähnen. Ein Gedanke begann sich zu formen: Zeitungsartikel mit Desinformation, die GX-Tec diskreditieren… Auf der Fahrt zurück nach Burghausen nahm diese Idee Gestalt an, und kaum war Mattson in seinem Hotelzimmer zurück, setzte er sich an seinen Laptop und begann zu schreiben. Mitten in seinem Text jedoch, brach er ab. Zunächst einmal wollte er doch noch versuchen, mit den beiden Forschern direkt ins Gespräch zu kommen. Es erschien ihm besser, sich auf seine erprobten Mittel wie Überzeugungskraft und Geldspenden zu stützen, als sich auf das unsichere Terrain der Presse zu begeben, wo im Ernstfall ein lancierter Artikel zum Autor zurück zu verfolgen wäre. Schließlich beschloss er, seine Auftraggeberin anzurufen ihr die Lage zu erklären und mit ihr zu beraten, ob er an dieser Stelle überhaupt noch weitermachen sollte. Frau Andeler hörte sich alles genau an, meinte, dass er noch vor Ort bleiben solle, sie würde ihn spätestens am nächsten Tag zurückrufen.

Der Anruf kam prompt und gipfelte in Folgendem:

„Herr Mattson, auch wenn die Angelegenheit ein wenig verfahren ist, bleiben Sie dort und versuchen Sie eine Frau Dr. Sandra Hartung, Biochemikerin, zu kontaktieren. Ich konnte sie davon überzeugen, sich bei GX-Tec zu bewerben, und wie ich herausbekommen habe, hat sie dort eine Stellung angenommen. Höchstwahrscheinlich arbeitet sie an dem uns interessierenden Projekt. Sie können sich ja im Ernstfall – aber, bitte, nur wenn es nicht anders geht – auf mich berufen und sie daran erinnern, dass *ich* ihr den Tipp mit der dortigen Firma gegeben habe. Sollten Sie da auch nicht weiterkommen, dann müssen wir uns noch einmal unterhalten.“

Also machte sich Mattson wieder an die Arbeit.

Nach Feierabend rief er bei Brunner an und verlangte eine Frau Trende zu sprechen.

„Da müssen Sie sich verwählt haben, hier gibt es keine Frau Trende.“

„Aber, sie hat mir doch diese Nummer hier gegeben“, und er las Brunners Nummer langsam vor.

„Die Nummer stimmt zwar, aber, wie gesagt, hier wohnt keine Frau Trende, hier wohnt nur Frau Hartung“.

„Ja, dann weiß ich auch nicht… Dann entschuldigen Sie, bitte, die Störung.", und Mattson legte auf. Bingo! Nun musste er nur noch die Dame allein erwischen. Er legte sich also wieder tagelang auf die Lauer, um die Lebensgewohnheiten der beiden Wissenschaftler herauszubekommen, aber das wurde gar nicht so einfach. Die schienen *alles* gemeinsam zu machen. „Verdammt," dachte Mattson, „junge Liebe, wie es scheint. Völlig unzertrennlich." Er wusste nicht recht, ob er das neidvoll betrachten oder abstoßend finden sollte.

* * *

Während Mattson seine Pläne schmiedete, bat Dr. Geissen seinerseits, nachdem sich seine Erregung gelegt hatte, Michi und Sandra zu sich und informierte sie über den unverschämten Versuch dieses Lobbyisten, auf ihre Arbeit Einfluss zu nehmen.

„Mein lieber Mann", reagierte Michi aufgebracht, „das ist ja Bedrohung, Nötigung und Erpressung in Einem. Da würde ich ja glatt Anzeige erstatten. Kannst du das alles beweisen?"

„Ich habe einen Mitschnitt des Gesprächs, aber du weißt ja, wie vorsichtig Gerichte bei solchem Beweismaterial sind. Tonbandaufnahmen werden selten als Beweismittel zugelassen."

„Ich würde auf jeden Fall eine Rechtsberatung einschalten."

„Du hast recht, das werde ich wohl tun müssen."

„Und setz dich unbedingt auch mit unserem Auftraggeber, deinem Freund in Berlin, in Verbindung und erzähle ihm von diesem unverschämten Versuch. Der hatte wohl sehr gute Gründe, uns alles nachprüfen zu lassen. Da scheint damals bei der Festsetzung der Grenzwerte wohl allzu leichtfertig vorgegangen worden zu sein, und da frage ich mich jetzt natürlich, wer da an welcher Schraube gedreht hat."

Sandra wurde plötzlich sehr nachdenklich. Es hatte zwar gestimmt, als sie Michi gesagt hatte, dass es sein Artikel gewesen sei, der sie auf GX-Tec aufmerksam gemacht hatte, was sie nicht gesagt hatte, war, dass ihr dieser Artikel und die Firma auf einer Tagung über *Bioresonatoren und technische Strahlung* so ganz nebenbei von einer Dame empfohlen worden war mit dem Bemerken, dass der Autor dieses Artikels, dieser Herr Brunner, wohl jetzt in dieser Richtung weiterforsche und dass sie das wirklich sehr interessiere. Sandra könnte sich ja mal dort bewerben… und sie wollten in Kontakt bleiben. Wie hatte die Frau nur geheißen? Sandra konnte sich nicht mehr erinnern. Sie hatten zwar ihre Email-Adressen ausgetauscht, aber sie hatte seither nichts mehr von der Dame gehört. Nun aber, wie sie von der Mattson-Geschichte hörte, bekam sie plötzlich ein ungutes Gefühl. War sie manipuliert worden? Aber wie sollte das aussehen? Bisher hatte noch niemand – auch diese Frau nicht – versucht Kontakt mit ihr aufzunehmen. Sie beschloss, wachsam zu sein, abzuwarten und den Mund zu halten.

Geissen erhob sich und zog aus seinem Schreibtisch die Akte ‚Mattson', die er direkt nach dem Vorfall angelegt hatte. Darin fanden sich alle Mattson und Huber betreffenden Gesprächsnotizen und die Fotos des Herrn Lobbyisten aus der Überwachungsanlage.

„Hier! Für alle Fälle", meinte er, „schaut euch die Visage gut an. Wer weiß, was der Typ noch so alles auf Lager hat, oder habt ihr den vielleicht sogar schon einmal gesehen?"

Michi uns Sandra studierten die Aufnahmen genau, aber Mattson war ihnen noch nie begegnet.

Ein Wochenende später meldete sich Huber wie angekündigt aus seinem Wahlkreis bei Geissen und sie verabredeten, dass der Firmenchef und die beiden betreffenden Mitarbeiter sich am Sonntagmittag für ein oder zwei Stunden beim Libanesen im Sportklub zusammensetzen wollten. Gegen elf Uhr früh machten sich Michi und Sandra auf, fuhren bei Geissen vorbei, holten ihn ab und man fuhr gemeinsam nach Simbach. Sie merkten nicht, dass sie einen Verfolger hatten, der verärgert zur Kenntnis nehmen musste, dass da offenbar eine Besprechung stattfand, wobei es wohl um ihn selbst und seinen Auftrag ging. Die Tatsache, dass auch der Abgeordnete Huber an dem Gasthof ankam, in das sich die drei von der GX-Tec begeben hatten, machte dies äußerst wahrscheinlich. Natürlich konnte er nicht aussteigen und versuchen, etwas von der Unterhaltung seiner vier Gegner mitzubekommen, schließlich war er Huber und Geissen bekannt, also drehte er resigniert wieder um und fuhr zurück nach Burghausen in sein Hotel. Die ganze Schuld an seinen Kalamitäten gab er diesem sturen Abgeordneten Huber, den er inzwischen als seinen persönlichen Feind betrachtete. „Na schön", dachte er bei sich, „wenn du Krieg haben willst, dann kannst du ihn bekommen.", und rief seinen Kontakt im Bundesarchiv an…

* * *

Kaum war Huber wieder zurück in Berlin, da hatte ihn die Routine sofort wieder im Griff. Als er sein Büro betrat, schien es ihm zwar so, als wäre irgendetwas verändert, ging aber darüber hinweg und widmete sich zusammen mit seiner Sekretärin zunächst der allfälligen Korrespondenz und anschließend dem Ablaufsentwurf eines Informationsabends für Vertreter der Deutschen Wirtschaft. Außerdem befand man sich in einer Sitzungswoche des Parlaments, alle möglichen Ausschüsse tagten nebenher, weshalb das Plenum zwar meistens nur halb gefüllt war, den einzelnen Abgeordneten jedoch in stetem Einsatz hinter den Kulissen die Zeit zwischen den Fingern verrann. In der Post des nächsten Tages befand sich auch der monatliche Brief seiner Bank, den Huber in sein Jackett schob, um sich irgendwann, wenn er Zeit hatte, damit zu beschäftigen. So wurde es Donnerstag, bevor er des Abends in seiner Berliner Bleibe bei der Durchsicht seiner Bankauszüge etwas erstaunt eine Gutschrift von zweihundertundfünfzigtausend Mark zur Kenntnis nahm. Er schaute genauer hin. Der mit ausgedruckte Verwendungszweck lautete: *Vielen Dank f. d. Werk u. freundl. Kooperation.* Als Einzahler stand da ein ihm unbekannter Name und die überweisende Bank war Huber ebenso unbekannt. Zunächst zuckte er nur mit den Schultern und heftete alles in einem Ablageordner ab. Je weiter jedoch der Abend fortschritt, desto öfter beschäftigte ihn diese Überweisung und beunruhigte ihn bis in den Schlaf hinein. Am nächsten Morgen, auf dem Weg ins Büro, kam ihm plötzlich ein böser Verdacht, und als er sein Dienstzimmer betrat, richtete er seinen ersten Blick auf das Gemälde hinter dem Schreibtisch. Da hing zwar nach wie vor ein Bild, aber das hatte bestenfalls von der Größe und vom Rahmen her eine gewisse Ähnlichkeit mit der ursprünglich dort befindlichen *Kapelle im Sturm*.

„Diese Sau“, dachte Huber, rief seine Sekretärin herein und bat sie darum, im Archiv unten anzurufen und nachzufragen, welches Bild auf sein Dienstzimmer eingetragen war. Dann eilte er hinunter und ließ sich mit einem Dienstwagen der Fahrbereitschaft, die er bis dahin nur äußerst selten in Anspruch genommen hatte, zurück zu seiner Wohnung fahren. Dort angekommen, durchsuchte er die Zigarrenschachtel mit den Bändern seines Diktiergeräts und fand, aufatmend, die Aufzeichnung seines Gesprächs mit Mattson von fast einem Jahr zuvor. Er steckte das Band zusammen mit dem ungewöhnlichen Bankauszug in die Tasche und ließ sich schnell wieder in sein Büro fahren. Die Sekretärin informierte ihn auf seine Frage hin über die Auskunft des Archivs: Auf sein Dienstzimmer war ein Ölgemälde von einem gewissen *Forch* namens *Bergkapelle* eingetragen.

„Ich hatte mich auch schon gewundert. Auf jeden Fall hängt bei Ihnen seit Montag ein völlig anderes Bild. Was hat *das* denn zu bedeuten?“, fragte die Sekretärin verständnislos.

„Da will mich jemand aufs Kreuz legen… Hier, machen Sie sich bitte eine Kopie von diesem Bankauszug und versuchen Sie herauszubekommen, von welcher Bank und von wem diese zweihundertundfünfzigtausend Mark überwiesen worden sind. Bitte, machen Sie das sofort und geben Sie mir gleich Bescheid.“

Er setzte sich an den Schreibtisch und versuchte dort etwas abzuarbeiten, konnte sich aber nicht konzentrieren. Gespannt schaute er auf, als die Sekretärin hereinkam, ihm seinen Original-Bankauszug zurückgab und meinte:

„Die Überweisung kommt aus der Karibik und Ihre Bank behauptet, dass sie von dort keinerlei Informationen über den Einzahler bekommen würden. Solche Banken wie die karibische gäben grundsätzlich keine diesbezüglichen Auskünfte.“

„Hab ich mir fast gedacht… Gut, bitte, machen Sie mir ein Gesprächsprotokoll von Ihrem Anruf im Archiv und von der Auskunft meiner Bank, heften Sie die Überweisungskopie an und machen Sie mir, bitte sofort, einen Termin beim Bundestagspräsidenten, möglichst noch für heute. Und machen Sie das, bitte, dringend.“ Danach begab er sich zum Technischen Dienst, ließ sich eine Kopie seiner Kassette aus dem Diktiergerät anfertigen und das Mattson-Gespräch auch schriftlich ausdrucken. Anschließend informierte Huber den internen Sicherheitsdienst über den Vorfall. Zwei der betreffenden Beamten waren bereits zehn Minuten später in seinem Büro, protokollierten sorgfältig alles, was Huber ihnen sagen konnte, zogen auch eine weitere Kopie des Bandes mit der Gesprächsaufzeichnung zwischen Huber und Mattson, nahmen mit Schutzhandschuhen das Ersatzbild von der Wand und sicherten dem Abgeordneten eine rasche Bearbeitung der Angelegenheit zu. „Wir werden den Maulwurf schon finden", meinten sie optimistisch.

Es war kurz nach der Mittagspause, als Huber dem Bundestagspräsidenten die kopierten Unterlagen übergeben konnte mit dem Bemerken, dass es sich hierbei um einen massiven Bestechungsversuch handelte, dass er um die Bankverbindung bat, auf die man normalerweise solche Bestechungsgelder einzahlen konnte, und dass er den Antrag stelle, dem Lobbyisten Mattson absolutes Hausverbot zu erteilen. Im übrigen teilte Huber dem Bundestagspräsidenten mit, dass er zusammen mit anderen Abgeordneten eine Petition einreichen wolle, um solchen Lobbyismus in Zukunft zu verhindern: Lobbyisten müssten Auftraggeber, Budget und Grund ihres Treffens *mit welchem Gesprächspartner* öffentlich machen, wenn sie einen Hausausweis für den Bundestag erhalten wollten.

Der Herr Bundestagspräsident lächelte leicht resigniert und meinte: „Das haben schon andere vor Ihnen versucht."

Michis und Sandras Arbeiten waren ihnen beinahe über den Kopf gewachsen. Und obwohl der Firma von Berlin aus genügend finanzielle Mittel zur Verfügung standen, ließ sich vieles nicht so ohne weiteres bei der GX-Tec im Hause selbst durchführen. So waren sie bei ihrem Gespräch mit Geissen und Huber in Simbach übereingekommen, mehrere als seriös zu betrachtende Institute und Einrichtungen an Ort und Stelle aufzusuchen, um dort persönlich die betreffenden Versuchsprotokolle einzusehen oder eventuell – soweit dies möglich war - sogar Experimente zu wiederholen und das dann alles mit den der Bundesregierung sowie mehreren Gerichten vorliegenden Unterlagen zu vergleichen. Sie hatten schon bei den ersten, sporadischen Recherchen im Internet bemerkt, dass dort massenweise Material zu Gesundheitsschäden durch Handystrahlung zu finden war. Als sie sich nun aber genauer mit den einzelnen Beiträgen befassten, stießen sie auf einen unüberschaubaren Wust an Material und auf eine rege Diskussion zum Thema *Elektrosmog* im Allgemeinen, wobei fast alle Artikel auch auf das Phänomen *Handystrahlung* eingingen. Für Michi und Sandra wurde die Arbeit, je weiter die Zeit voranschritt, immer aufreibender. Sie fuhren - mal getrennt, mal zusammen - in der Weltgeschichte umher, besuchten die verschiedensten Institute und auch unabhängige Wissenschaftler. Sie benutzten selten den PKW, denn während der Fahrt im Zug oder während eines Fluges konnten sie die Zeit nutzen, um sich eigene Gedanken zu bevorstehenden Gesprächen oder Experimenten zu machen und sich darauf vorzubereiten. Einmal musste Michi sogar eine Extra-Gebühr am Flughafen bezahlen, so schwer war sein Handgepäck geworden – vollgestopft mit Büchern, Protokollen, Versuchsaufbauskizzen sowie natürlich mit seinen persönlichen Reiseutensilien.

An einem Wochenende holte Michi Sandra vom Flughafen ab und während der gesamten Heimfahrt konnte sich die junge Frau nicht beruhigen.

„Was ist los, Sandra? War es *so* schlimm?“

„Wenn nur die Hälfte stimmt ... Und wie war es bei dir?“

„Viel Theorie, wenig Beweise.“

„Verdammt ... ich will jetzt nicht mehr darüber nachdenken ... Gehen wir was essen?“

Später am Abend begann Sandra dann zu erzählen: Sie war auf einem von der WHO einberufenen Symposium über Umweltkrankheiten gewesen.

Im Lauf des Symposiums war herausgekommen, dass es über 20.000 Studien über die Belastung des Organismus durch Elektrosmog gab. Einige, relativ wenige dieser Arbeiten – zumeist wohl von den

interessierten Wirtschaftskreisen in Auftrag gegeben - widersprachen einer solchen Belastung und
verharmlosten die Wirkung von Elektrosmog und
besonders von Handystrahlung. Einer tatsächlich
objektiven Forschung stehen also einflussreiche und
kapitalkräftige Interessen gegenüber.

„In der Schweiz scheint das Bewusstsein für
die Gefahr durch Handys besonders hoch zu sein,
denn es gab mehrere Klagen gegen Mobilfunkbetrei-
ber, die bis zum Bundesgerichtshof gegangen sind
und die mit Begründungen abgespeist wurden,
wie… warte mal, das habe ich mir aufgeschrie-
ben…“, und sie kramte aus ihrer Handtasche einen
zerknitterten Zettel heraus. „Hier, hör dir das mal an:
‚Die Bevölkerung hat kein Anrecht auf Null-Risiko.
Grenzwerte dienen lediglich dazu, die Schäden in
vertretbaren Grenzen zu halten.’ … und – das hier
musst du dir auf der Zunge zergehen lassen - ‚Grenzwerte sind nicht nach medizinischen Gesichtspunk-
ten festzulegen, sondern nach *wirtschaftlicher Trag-
barkeit und technischer Machbarkeit.’* Damit haben
sie die Klagen abgeschmettert. Scheiße… wie krank
ist *das* denn*?!*“

„Mein Gott, Sandra, reg dich doch nicht so
auf. Im Grund ist das doch für uns nichts Neues. Wir
wissen doch, dass Gerichte und besonders Regierungen oft verdammt leichtfüßig über Ethik und Moral

hinwegschreiten. Wir beide *arbeiten* doch daran, hier etwas zurecht zu rücken, oder?"

„Ja, schon, aber mir kommen Bedenken, ob das alles nicht viel zu groß für uns ist… "

* * *

Für kurze Zeit wieder in Berlin zurück, versuchte Mattson seinen Maulwurf im Bundesarchiv zu kontaktieren, um ein Treffen zu arrangieren, bei dem er ihm die Belohnung für den Bildertausch zukommen lassen wollte. Bei den ersten beiden Versuchen wurde auf der Gegenseite sein Anruf sofort unterbrochen und bei seinen nächsten Versuchen landete er sofort auf der Mailbox. Eine knappe Stunde später erreichte ihn ein Anruf, der dem Hintergrundgeräusch zufolge von einem öffentlichen Kartentelefon kam. Sein Bekannter erklärte ihm hastig, dass er bis auf weiteres keine Kontakte mehr wünsche, das sei zu gefährlich geworden, denn die ‚Sicherheit' schnüffele in seiner Abteilung herum. Damit legte er auf und ließ Mattson etwas verwirrt auf sein Handy starren. Er war zutiefst verunsichert und wusste nicht so recht, wie er seinen Auftrag zum gewünschten Erfolg bringen sollte. Schließlich kontaktierte er Frau Andeler und bat sie, einen von ihm verfassten diskreditierenden Artikel über die GX-Tec durch irgendeine Presseagentur verbreiten zu lassen. Frau Andeler sagte zu, beim Dachverband nachzufragen, ob dies möglich sei und er solle ihr den Text zukommen lassen. So erschien der folgende Artikel ein paar Wochen später – weltweit – in interessierten Zeitungen und Zeitschriften:

GX-Tec auf Esoterikwelle

Seit mehreren Monaten beschäftigen sich zwei Wissenschaftler der GX-Tec Burghausen mit sogenannten Forschungen zu Strahlenschädigungen durch Mobiltelefone. Die bisher als seriös und unabhängig geltende Firma hat sich mit Dr. Michael Brunner (Physik) und Sandra Hartung (Biochemie) auf das hochspekulative Feld der Bio-Resonanz eingelassen und schlägt sich auf die Seite der Mobilfunk-Hysteriker, die seit fast zwei Jahrzehnten wissenschaftlich untermauerte Ergebnisse der Strahlenforschung mit rein hypothetischen Behauptungen und zumeist nicht nachvollziehbaren, eigenen Experimenten auf breiter Front angreifen.

Mehrere namhafte – internationale wie auch deutsche - Wissenschaftler, die sich während der vergangenen zwanzig Jahre dieser Materie gewidmet hatten, konnten bisher keinerlei Beweise für gesundheitliche Schädigungen durch Funkstrahlung im Bereich der Mobiltelefonie erbringen, sind in den Bereich der Esoterik abgewandert und damit aus streng wissenschaftlicher Sicht gescheitert. Mehrere höchstrichterliche Entscheidungen haben in den letzten Jahren diesbezügliche Klagen abschlägig behandelt und auf das Feld der Spekulation verwiesen. Man darf gespannt sein, in wie weit ein privates mittelständiges Unternehmen wie die GX-Tec-Burghausen mit ihrer begrenzten Anzahl an Mitarbeitern eine Aufgabe bewältigen will, an der die größten und anerkanntesten Institute weltweit bisher gescheitert sind.

Teil II

Ein Alarm kommt herein. Banküberfall. Werner seufzt auf. Außer ihm sind nur noch Peter und Juliane in der Dienststelle, der ‚Storch' und der ‚Frosch'. Er schickt die beiden zu der betreffenden Bankfiliale. Ein Mann zwischen vierzig und fünfzig setzt einer Bankkundin ein Messer an den Hals und *sie* übergibt ihm vor lauter Angst den Inhalt ihres Geldbeutels, einige hundert Euro. Der Räuber verlässt die Bankfiliale und sieht die Polizei kommen. Sofort setzt sich der Strolch sein eigenes Messer an den Hals und droht, sich selbst umzubringen, wenn die beiden Polizisten sich ihm nähern. Kommissar Storch steht da mit gezogener Waffe und weiß nicht so recht, wie er sich verhalten soll. Nachdem er auf einem gerade absolvierten Fortbildungskurs gelernt hatte, dass der Waffengebrauch zur Aufrechterhaltung der öffentlichen Sicherheit nur als allerletztes Mittel und ganz besonders dem eigenen Schutz zu gelten habe, erscheint er zutiefst verunsichert. Schließlich fordert der Gangster freien Abzug. „Freies *Geleit* können wir dir geben", meint der Storch, steckt die Waffe wieder ein und zusammen mit Kollegin Frosch begleiten die beiden den Bankräuber die Straße entlang zum Bahnhof. Der Mann geht ordnungsgemäß in den Kiosk und kauft ein Zugticket. Der Zug fährt aber erst zehn Minuten später. Der Bankräuber schaut gierig auf die belegten Brote in der Kühltheke. Da kommt Frosch auf eine menschenfreundliche Idee: Sie bestellt für den armen Räuber eine Leberkässemmel und eine Cola. Storch ruft den Werner an und möchte von ihm wissen, wie er sich verhalten soll. Werner flippt am Telefon aus und überlässt den Storch seinem Schicksal, ruft dann aber doch noch ein paar Kollegen von der Kripo zusammen, die heimlich den bereitstehenden Zug besteigen. Zu dritt schlendern Frosch und Storch zusammen mit dem mit vollen Backen kauenden Bankräuber zum Bahnsteig und besteigen ebenfalls den Zug. Der Zug fährt ab. Die Kripobeamten informieren insgeheim die anderen Fahrgäste, dass sie in Altötting den Zug verlassen sollten, denn es würde eventuell zu einer Schießerei kommen. Am Bahnhof Altötting leert sich der Zug beträchtlich, nur einige Beamte der Kripo Mühldorf steigen zu. Der Zug fährt ab, die vielen Beamten kreisen den Bankräuber unauffällig ein und wollen ihn gerade festnehmen, da taucht der Zugbegleiter auf:

„Die Fahrausweise, bitte.“

So unauffällig wie möglich nehmen drei der Kripobeamten den Schaffner in die Mitte und bedrängen ihn, den Mund zu halten, dies sei ein gefährlicher Polizeieinsatz.

„Das ist Freiheitsberaubung!", brüllt der Kontrolleur.

„Da hat er recht", ruft der Gangster.

„Ich möchte, bitte Ihre Fahrausweise sehen", sagt der Bahnbeamte noch einmal laut.

„Das ist sein gutes Recht", wirft Frosch ein und reicht dem Räuber die Cola rüber.

Inzwischen hält der Zug in Mühldorf, und während sich die Polizisten um den um sich schlagenden Zugbegleiter kümmern, steigt der Bankräuber seelenruhig aus. Er mischt sich unter die etwa zweitausend Asylbewerber, die den Bahnhof bevölkern und verschwindet spurlos. Die Flüchtlinge schwenken Bilder der Bundeskanzlerin über ihren Köpfen und skandieren „Germany! Germany!". Einsam bleibt ein Messer im Zug liegen,

Werner Drews wurde nur kurz wach und drehte sich aus dem Licht der Morgensonne, die ihm störend über das Gesicht strich, auf die Seite. Er hatte sich wohlgefühlt in seinem Traum. Diese Mischung aus Realität und Satire, die sein Unterbewusstsein ihm da vorgegaukelt hatte, traf seine alltägliche Befindlichkeit im Kern. Immer, wenn er über seinen Job als Kriminalhauptkommissar nachdachte – und dies geschah ihm immer öfter – überfiel ihn eine Art kognitive Dissonanz, wie ein Psychologe das wohl ausdrücken würde. Einerseits wuchs im Lauf seiner sich anhäufenden Dienstjahre sein Verständnis für die Motive, die so manchen Menschen zu einer kriminellen Tat bewegten, andrerseits war ihm klar, dass man nicht einfach darüber hinwegsehen konnte. Immer häufiger stellte er fest, dass der Boden für einige kriminelle Erscheinungen von einer allzu freiheitlichen und menschenfreundlichen Legislative bereitet worden war. Ein vorausschauendes Abschätzen der Folgen ihrer Entscheidungen schien der Legislative entweder zu schwer zu fallen, zu unbequem oder nicht gewollt zu sein. Solche Gedanken können für einen Ordnungshüter sehr unbequem werden und ihn hin und wieder dazu veranlassen, seine Arbeit *nicht so ganz* im Sinne des Gesetzgebers zu verrichten. Als er gespürt hatte, dass ihn ganz besonders die diesbezüglichen Dienstvorschriften psychisch wie physisch zu belasten begannen, hatte Werner aufgehört, sich zu wundern oder zu ärgern. Seine Frustration entlud sich schließlich nur noch in kopfschüttelndem Lachen.

„Oooch", räkelte Drews sich im Bett. „Das kann ja wieder ein toller Tag werden", und, wie immer, förderten solche schon frühmorgendlichen Gedanken nicht gerade seinen Diensteifer. Bei Heinrich Böll hatte Werner einmal gelesen: „Ein Soldat, der anfängt zu denken, ist schon fast keiner mehr". „Und das gilt nicht nur für Soldaten", dachte Werner und drehte sich genüsslich noch einmal herum. Als schließlich der Wecker klingelte, ließ es sich nicht länger verheimlichen: Er musste dem Tag ins Auge schauen

...

* * *

Die Polizeiinspektion Burghausen schien regelrecht verwaist, als Drews dort eintraf. Fast alle Dienstfahrzeuge waren unterwegs, aber das war in der letzten Zeit der Normalzustand. Die dünne Personaldecke sorgte dafür, dass sich die Kollegen gleich bei Dienstantritt aufmachten, um Dinge, die sie am Vortag nicht hatten bewältigen können, gleich am frühen Vormittag zu erledigen. Für ihn selbst lag im Moment nichts vor und so versuchte er – wieder einmal - einiges an liegen gebliebenem Papierkram aufzuarbeiten und begann gerade, sich des tatsächlich etwas kleiner werdenden Aktenhaufens zu erfreuen, als sein Telefon klingelte und Kommissarin Loni ihm mitteilte: „Wir haben wohl eine Leiche, komm runter." Aufseufzend erhob er sich, schaltete das Heizkissen ab, das er neuerdings des Öfteren seines schmerzenden Rückens wegen auch im Büro benutzte, und begab sich, anfangs noch humpelnd, durch die fast leere Dienststelle nach unten zum ‚Empfang', wo die Kollegen Mattes und Loni im Begriff waren, eine aufgeregte Großmutter mit ihren beiden Enkeln zu beruhigen und ihnen ein

160

paar geordnete Sätze zu entlocken. Das Mädchen, etwa sieben Jahre alt, schaute blass und ernst drein. Der Bub, etwa fünf Jahre alt, fing stets von neuem an zu schluchzen und die Oma musste ihm immer wieder die laufende Nase putzen und die Tränen trocknen. Auf dem Tisch befand sich eine geöffnete Schachtel mit einigen kleinen Knochen, die sich bei näherem Hinsehen als Knöchel einer skelettierten Hand identifizieren ließen. Außerdem lagen in dem kleinen Karton noch die Teile eines altmodischen Handys.

Mattes klärte Werner auf und berichtete, was er zusammen mit Loni bis dahin aus den aufgeregten Besuchern hatte herausholen können. Frau Goldbeck, die Oma, war mit den zwei Kindern etwa eine Viertelstunde zuvor in der Dienststelle erschienen und hatte Loni die Schachtel mit dem Bemerken überreicht, die Kinder hätten das im Wald gefunden. Zunächst hatte Mattes versucht, aus den Kindern Näheres herauszubekommen, aber die beiden schauten ihn meistens nur erschreckt an, er war wohl zu forsch mit den Kleinen umgegangen. Schließlich hatte Loni die Befragung übernommen und mit Werners und der Frau Goldbeck Hilfe ergab sich folgendes Bild: Die beiden Kinder, die öfter einmal, wenn es ihnen im eigenen Garten zu langweilig wurde, gegen das Verbot der Eltern über den Zaun kletterten, um das angrenzende Terrain zu erkunden, waren im Lauf der vorangegangenen Woche etwas tiefer in den Wald hineingegangen und das Mädchen sei über etwas gestolpert. Zunächst hatten sie nur etwas gesehen, das wie ein großer, runder Stein ausgesehen habe, der Bub hatte den ‚Stein‘ aus irgendeinem Grund interessant gefunden und mit den Füßen ein wenig daran herumgescharrt, da sei dann ein richtiger Totenkopf zum Vorschein gekommen. Ob sie sich denn nicht gefürchtet hätten, wollte Loni wissen, aber der Bub meinte ganz logisch: „Naa, der hatte ja ein Handy!“ Das Mädel hätte zwar schon weglaufen wollen, aber der Bub hatte an dem Handy gezerrt und dabei seien dann noch mehr Knochen zum Vorschein gekommen. Schließlich seien sie heimgelaufen und der Bub hatte das Handy und die abgefallene Hand mitgenommen. Sie hatten in den folgenden Tagen ihren Fund immer wieder aus einem Versteck geholt, ihn immer wieder angeschaut und sich Geschichten ausgedacht, wie der Knochenmann dort in den Wald gelangt sei. Sie hatten auch versucht, mit dem alten Handy zu telefonieren, aber das sei nicht mehr gegangen. Am Abend zuvor hätten sie dann beschlossen, die inzwischen völlig zerfallene Hand zu begraben und seien dabei von Papa Goldbeck erwischt worden. Der hatte sie kräftig geschimpft, ihnen ihr Spielzeug fortgenommen und in die Schachtel getan. Eigentlich hätten sie schon gleich zur Polizei gehen wollen, aber der Papa hatte gemeint, das hätte auch bis morgen Zeit, und bastelte dann selbst ein wenig an dem Handy herum, in dem Versuch, es wieder in Gang zu bringen. „Heut in der Früh hat mein Sohn gesagt, wir sollten den Fund wohl doch besser melden, und deshalb sind wir jetzt hier.“

„Und ihr seid nicht noch einmal zu dem Knochenmann hingegangen?“

„Nein.“

„Würdet ihr denn die Stelle wiederfinden, wo ihr ihn gefunden habt?“

„Ich glaub schon“, meinte das Mädel, „das ist nicht weit.“

„Wer ist denn noch im Haus?“, wandte sich Werner an die beiden Kollegen.

„Mei, kaum jemand außer uns. Der Storch, der Peter, müsste noch hier sein und die zwei Anwärter. Der Chef ist auch unterwegs.“

„Herrschaftszeiten, wo sind die denn alle hin?“

„Du weißt es doch, Werner. Die meisten feiern ihre Überstunden ab, sechs Kollegen sind in Urlaub, zwei haben sich heute Morgen krank gemeldet und außerdem laufen gerade drei Einsätze. Ein Wagen pendelt zwischen alter und neuer Brücke hin und her und bewacht unsere Grenze.“

„Dann musst Du mit Mattes raus. Sichert mir die Fundstelle, ich veranlasse alles Weitere.“

Loni wandte sich an die Großmutter und bat sie, mit den Kindern mit hinaus kommen zu wollen, Mattes schrieb noch kurz etwas auf und folgte den vier anderen zum Einsatzbus.

„Und, wenn ihr was gefunden habt, gebt mir sofort Bescheid!", rief Werner ihnen noch nach und übernahm die ‚Wache' am Empfang.

Knapp dreißig Minuten später meldete sich Mattes: „Wir haben's gefunden. Spusi muss her, Zustand der Fundstelle sieht ziemlich übel aus. Trotzdem, vielleicht finden die noch was. Ich schicke die Frau Goldbeck und die Kinder jetzt heim. Loni fährt sie und kommt dann wieder hierher zurück." Er gab noch den genauen Fundort an und Werner benachrichtigte die Kollegen von der großen Spurensicherung in Mühldorf. Dort machte man ihm klar, dass man erst in zwei oder drei Stunden vor Ort sein könne. Er fragte die im Einsatz befindlichen Kollegen ab. Es schien so, als könnten zwei der drei Teams im Lauf der nächsten zwei Stunden hereinkommen. Dann kam ein dringender Anruf von einem Supermarkt am Stadtrand: Ladendiebstahl und Schlägerei. Werner dirigierte eines der Teams dorthin um, verließ die Wache am Eingang und machte sich auf die Suche nach Storch und den zwei Anwärtern. Lange brauchte er nicht zu forschen. Der Storch saß zusammen mit den beiden jungen Leuten in der Kaffeeküche und mampfte wieder einmal mit vollen

Backen - ein skurriler Widerspruch zu Peters sonst extrem hageren Gestalt mit dem langen dünnen Hals samt vorspringendem Adamsapfel. Das Gesicht mit prall gefülltem Mund passte einfach nicht zu dem dürren Rest dieser hoch aufgeschossenen Gestalt, die von allen in der Dienststelle nur der ‚Storch' genannt wurde. Werner musste innerlich lachen, denn dieser Storch erinnerte ihn immer wieder, wenn er ihn essen sah – und das war fast unaufhörlich der Fall – an einen Kollegen aus seiner Ausbildungszeit. Jener Mensch, ein Ostfriese, war genauso dürr gewesen wie Peter, und wenn er, wie der Storch, seine unzähligen Butterbrote in den Mund stopfte, beulten sich seine Backen wie kleine Tennisbälle. Eigentlich sah er dann wie eine Kreuzung zwischen Strauß und Breitmaulfrosch aus, aber sie hatten ihn ‚Streichholz' genannt, weil er immer einen roten Kopf hatte, und alle waren neidisch auf ihn gewesen, denn er konnte essen, soviel er wollte, er nahm kein Gramm zu - wie der Storch. Drews riss sich aus seinen Erinnerungen.

„Peter, wenn nicht noch irgendwas reinkommt, löst du zusammen mit den beiden jungen Kollegen hier in ein- oder eineinhalb Stunden Mattes und Loni draußen ab. Wenn es geht, werde ich selber mitkommen, also… iss schneller, Genosse!"

* * *

Zwei Stunden später kam Werner mit den drei anderen am Fundort der Leiche an. Vorsichtig betrat er zusammen mit Storch den von Loni und Mattes abgesperrten Bereich und schaute auf das, was da von einem Menschen übrig geblieben war. Für Werner war es dieses Mal eine eher ‚saubere Sache‘. So ein Skelett, so grausig es manchem auch erscheinen mochte, war verglichen mit dem, was man bei der Kriminalpolizei manchmal an übelst zugerichteten menschlichen Überresten zu sehen bekam, schon fast ästhetisch zu nennen, besonders, wenn Ameisen und sonstiges Kleingetier - wie es beim vorliegenden Fund wohl der Fall war - jahrelang Zeit gehabt hatten, sich alles Verwertbare einzuverleiben und nur noch saubere, blanke Knochen hinterlassen hatten,.

„Ja, der is hin“, war Storchs Kommentar gegenüber dem Offensichtlichen.

„Mein Gott, Peter...“, und Werner verdrehte die Augen. „Du bist ja wirklich Schnellmerkers Jüngster.“

Nachdem die Spusi schließlich auch eingetroffen war, der vorsichtshalber ebenfalls erschienene Arzt nach einer kurzen Inspektion des Schädels schulterzuckend auf den zu erstellenden pathologischen Bericht vertröstete und wieder heimfuhr, begab sich Werner mit Loni und Mattes auch wieder zurück in die Stadt und der Storch blieb mit den beiden ‚Lehrlingen' noch vor Ort. Dort wurden die Skelettteile mitsamt dem umgebenden Erdreich vorsichtig freigelegt und unzählige Photos geschossen. Die Beamten durchsuchten alles vor, hinter, zwischen und unter den menschlichen   Überresten, dehnten ihre Spurensuche auch auf die nähere Umgebung aus, und verstauten die einzelnen Fundstücke sorgfältig in Säcken und in Plastikbeuteln. Als sie gegen Abend mit ihren Untersuchungen fertig waren, blieb die Fundstelle weiterhin abgesperrt und alle Beteiligten kehrten in ihre jeweiligen Dienststellen zurück. Werner erwartete für denselben Tag keine Ergebnisse mehr und wollte sich auf den Heimweg hinunter in die Altstadt machen, da gab es ein neues Problem. Mehrere Asylbewerber hatten sich mit all ihrer armseligen Habe vor der Dienststelle eingefunden und protestierten. Es wurde zunächst nicht ganz klar, worum es ging, aber als man Schwester Lela zum Dolmetschen geholt hatte, stellte sich heraus, dass die Flüchtlinge mit ihrer Unterbringung in Marienberg nicht einverstanden waren. Sie wollten in eine Stadt, möglichst nach München, denn in dem winzigen Marienberg, das in der Hauptsache nur aus einer Kirche, einem kleinen Hotel und einer Handvoll Einfamilienhäusern bestand, brieten sie sozusagen im eigenen Saft und es gab dort für sie keine Aussicht auf einen Arbeitsplatz. Zwar war Werner mit dieser Angelegenheit dienstlich eigentlich nicht befasst, aber, während Mattes sich schleunigst mit dem Bemerken: „Bis gleich dann…", aus dem Staub machte, blieb er selbst noch in der Dienststelle, bis die Spätschicht eingetroffen war, um die wenigen Kollegen von der Bereitschaft, so weit er konnte, zu unterstützen. Als er schließlich heimfuhr, hatte er das Heizkissen etwas verschämt in der Aktentasche verstaut mitgenommen und hoffte, dass außer Mattes und Loni bisher nie jemand dieses beschämende Utensil bemerkt hatte. Er nahm sich fest vor, am nächsten Morgen als erstes zum Arzt oder mindestens zur Physiotherapie zu gehen. Was Ärzte anging, so hatte er allerdings im Moment einige Schwierigkeiten. Seine fast lebenslange Leibärztin hatte das Handtuch geworfen, war in den wohlverdienten Ruhestand abgewandert und hatte ihre Praxis einer abschreckenden Nachfolgerin überlassen. Ebenso unverantwortlich hatte ihn sein Zahnarzt im Stich gelassen und er seufzte auf, als er daran dachte, dass er sich endlich um einen vertrauenswürdigen Ersatz kümmern musste. Was er unbedingt brauchte, waren Medizinmänner oder –frauen, in deren Augen er nicht nur Eurozeichen, sondern auch ein etwas glaubhaftes Interesse am Patienten entdecken konnte.

Daheim angekommen, humpelte Werner stöhnend die Stiege hinauf in die Küche und fand dort einen Zettel vor: „Wir warten auf Dich beim Auer". Werner schaute auf die Uhr und dachte nach: „Wieso sind die heut beim Auer? Stammtisch ist doch erst morgen." Das Telefon blinkte. Er hörte den Anrufbeantworter ab, und da kam die Stimme seines Vaters, der ihm herzlich …"Großer Gott", dachte Werner, „ich habe meinen eigenen Geburtstag vergessen. Mann, das passt zum Heizkissen". Sie hatten verabredet, dass sie in der Familie am Wochenende feiern wollten, damit war das für ihn abgehakt gewesen. Sollte er den Vater jetzt noch anrufen? Lieber nicht, wer weiß, ob die beiden Altchen nicht schon schliefen. Ja, dann musste er das Haus noch einmal verlassen, also machte er wieder kehrt, krüppelte die Stiege hinab und humpelte die Grüben entlang zum ersehnten Bier des Abends. Er spürte, dass, je weiter er ging, sein Rücken irgendwie besser wurde und marschierte, sozusagen therapeutisch, noch zweimal zwischen Finanzamt und Stadtplatz hin und her, ehe er sich schließlich in das lärmende Wirtshaus begab. Als er eintrat, erhob sich der gesamte Stammtisch und man empfing ihn mit dem obligatorischen „Happy birthday to you". Er tat so, als wäre nichts, bedankte sich für die Ovation und setzte sich mit einem leicht abwesenden Lächeln zu den anderen. Alle waren sie da: Ingi, Mattes, der Hacker-

Rentner Hoto, der Rechtsanwalt Dr. Brose, der Arzt Dr. Gunther und natürlich auch der Willi, seines Zeichens verrenteter Ex-Legionär und ein großer Schlawiner vor dem Herrn. Letzterer löste sich sichtlich voller Bedauern von einem Nebentisch, wo er mit einigen Damen besten Alters geflirtet hatte. Auch er kam auf Werner zu, klopfte ihm gönnerhaft auf die Schulter, „Alles Gute auch von mir. Wie alt bist denn heuer word'n?" Werner reagierte nicht, sagte nur: „Hock di nieder", und wandte sich seiner Tochter Ingi zu:

„Mensch, Ingi, hätt'st mir ruhig was sagen können."

„Ja, wann denn? Ich hab dich ja den ganzen Tag noch nicht zu Gesicht bekommen."

Eine Person fehlte in der Runde, und dem Werner fehlte sie sehr: Margi, seine Lebensgefährtin. Kaum hatte er an sie gedacht, da kam es auch schon aus der Runde:

„Kommt die Margi nicht? Ist die schon wieder unterwegs?"

„Bei mir sind *alle* immer unterwegs", klagte Werner und bestellte bei der Resi eine Halbe und ein Zigeunerschnitzel

„Das sagt man nicht mehr!", meinte Dr. Gunther.

„*Was* sagt man nicht mehr?"

„Zigeunerschnitzel."

„Geh' weiter. Soll ich vielleicht sagen: ‚Ein Schnitzel nach Art eines Balkan-Volksstamms'?"

„Hast das nicht mitgekriegt mit unserem Innenminister?"

„Geh her, des G'schiss, das die Intellellen darum machen. Hätt' er sagen sollen: ‚Der Roberto ist der beste Starkpigmentierte", oder so? Nix da, bei mir bleibt ein Neger ein Neger und ein Zigeuner ein Zigeuner. Is mir Wurscht, was andere dazu meinen… gell, Willi?"

„Was ist los?" Willi war gerade damit beschäftigt, dem Mattes die Vorzüge einer der Damen vom Nachbartisch zu erläutern.

„Der Willi huldigt gerade seiner infantilen Libido", grinste sich Dr. Gunther ins Gespräch.

„Und bedient seinen schweinischen Beichtkomplex", fügte Hoto ebenso grinsend hinzu.

„Ich geb dir gleich was Schweinisches, du Depp", erboste sich der Willi und hielt der Bedienung sein leeres Bierglas entgegen.

„Und außerdem leidest du an einer fetten Cenosillicaphobie!"

„Was ist *das* denn schon wieder?", wollte Hoto wissen.

„Das ist der medizinische Begriff für die *Angst vor dem leeren Glas*", grinste der Doktor.

„Aufhörn!", befahl Werner und klopfte mit seinem Messergriff auf das Tischtuch. „Versaut's mir nicht meinen Geburtstag."

Es kehrte wieder einigermaßen Ruhe ein und irgendwann fragte Dr. Brose den Werner, wo er denn die letzten zwei Wochen gewesen sei, man hätte ihn hier am Stammtisch vermisst, „… und Mattes haben wir auch nicht zu Gesicht bekommen. Wart ihr etwa beim G7-Gipfel?"

„*Da* nicht, *da* hatte ich rund um die Uhr Dienst, aber gleich danach bei den Bilderbergern musste ich antreten."

„Bilderberger? Was ist das?"

„Die Bilderberger? Mei…"

Er bekam von Mattes einen Tritt gegen das Schienbein.

„Was ist denn, Mattes?"

„Geh, du weißt schon…"

„Ach so, du meinst das ist geheim? Hör mir bloß auf. Schau doch mal ins Internet, da pfeifen's die Spatzen schon von den Dächern."

„Trotzdem…"

„Ach Quatsch… Die Bilderberger hatten ihr Jahrestreffen in Telfs. Da mussten jede Menge österreichischer Kollegen und auch auf unserer Seite ein paar Hundertschaften für alle Fälle bereitstehen um diese als ‚Privattreffen' deklarierte Versammlung zu beschützen."

172

„Ja, und wer sind diese Bilderberger?"

„Das sind wahrscheinlich die skrupellosesten Heuchler dieser schönen Erde", schaltete sich Hoto ein. „Rockefeller, Kissinger, Draghi und jede Menge anderer Turbokapitalisten und Spitzenpolitiker."

„Woher weißt *du* das denn?"

„Mein Gott, ihr wisst doch, dass ich in allen Medien unterwegs bin. Ich lese halt nicht nur die Bildzeitung, deren Besitzer übrigens auch zu dieser erlesenen Clique gehört."

Und dann gab ein Wort das andere und das Thema gipfelte in der Behauptung Willis, dass Westeuropa als allzu starker Wirtschaftsblock momentan wahrscheinlich auf der Abschussliste jener Typen stünde. Mit der Ukraine hätten sie es nicht so richtig geschafft, einen Krieg in Europa anzuzetteln, da suche man nun andere Mittel. Es wäre doch sehr praktisch für die Welt-Waffenlobby, nahöstliche Verhältnisse auf Europa auszudehnen. Willis Äußerungen gipfelten in der Theorie: „Ist doch komisch, dass gerade die deutschen Sturm- und Maschinengewehre nicht mehr richtig treffen, oder?" Wahrscheinlich würden sogar die Flüchtlingsströme nach Deutschland gelenkt, um lästige Konkurrenten zu destabilisieren. Damit war das nächste Diskussionsfeld „Flüchtlinge" eröffnet. Da ging es dann – wie bei fast allen Stammtischen in Deutschland und Teilen Westeuropas – zwischen Mitleid, Ratlosigkeit und Wut hin und her und endete mit Ingis Feststellung:

„Na fein, eines Morgens wachen wir alle auf und leben unter der Scharia… Aber, da wir hier ja doch nichts machen können, schlage ich vor, wir gehen jetzt endlich heim. Es ist schon fast zwei Uhr früh."

„Also," erhob sich Dr. Gunther, „dann haut mal alle schön eure Spargroschen auf den Kopf. Die nächste Währungsreform kommt bestimmt."

„He – da gibt es ja schließlich die Einlagensicherung!", grinste Dr. Brose.

„Mann… und den Weihnachtsmann gibt's wirklich!""

* * *

Am nächsten Montag riss Mattes die Tür auf und betrat fröhlich Werners Büro.

„Kannst gegen Pädophile sagen, was du willst. Zumindest fahren sie an Schulen immer sehr langsam vorbei."

„Ha?", fragte Drews, antwortete dann aber selbst mit einem Witz: „Na, dich hätte deine Mutter wegschmeißen und lieber den Storch behalten sollen." Der Tag ließ sich leichter ertragen, wenn man schon des Morgens ein wenig herumblödelte. „Außerdem ist es nachts immer kälter als draußen."

174

„Und wie nennen die Kannibalen ein Skelett?“

„Ha?“

„Leergut!“

„Au Mann, Mattes! … Jetzt komm mal zur Sache.“

„Bin doch schon mitten drin! … Kommt ein Skelett zum Arzt. Sagt der Arzt, ‚Sie kommen aber spät!‘, antwortet das Skelett: ‚Sie haben mir ja keinen früheren Termin gegeben!‘. Der ist gut, gell?“

„Mein Gott, Mattes, hörst im Keller du die Bartwickelmaschine rauschen? … Mann! Ich hab gesagt, du sollst zur Sache kommen!“

„Bin ich doch schon lange“, und er wirft ihm einen dicken Brief auf den Schreibtisch. „Da hast du dein Skelett!“

Der Brief brachte die ersten, vorläufigen Ergebnisse aus der Gerichtsmedizin zu dem aufgefundenen Haufen Knochen von der Woche zuvor:

Der Todeszeitpunkt ließ sich nicht genau bestimmen, lag aber mit an Sicherheit grenzender Wahrscheinlichkeit wesentlich länger als sechs Jahre zurück, da an und um das Skelett herum nur noch Hundertfüßer, Milben und Spinnen identifiziert werden konnten. Eine Lagerzeit von etwa zehn bis fünfzehn Jahren schien im Bereich des Möglichen. Es handele sich laut DNA-Analyse um die Überreste eines Menschen männlichen Geschlechts von etwa 1,70 m Körpergröße.

„Schau mal hier, Mattes, die haben auf dem Ergebnisbogen jetzt drei Kastl, die man ankreuzen kann: Männlich, weiblich oder neutral. Was soll *das* denn? Ist ‚neutral' jetzt für die vom anderen Ufer, oder was?"

„Tscha, Wernerle, du solltest mal öfter auf Fortbildung gehen… Die dürfen das jetzt so schreiben, wenn sie nicht sicher sind, ob das Männchen oder Weibchen ist, was sie da auf dem Tisch liegen haben."

„Aha! … Versteh ich zwar nicht so ganz, wo die doch heutzutage mit der DNA praktisch alles herausbekommen können… aber, na gut." Werner las weiter.

Zum Todeszeitpunkt muss der Verstorbene etwa um die fünfzig Jahre alt gewesen sein, wobei ein Spielraum von ungefähr vier bis fünf Jahren mehr oder weniger als möglich anzusetzen sei. Außer einigen postmortalen Bissspuren am Skelett, die wahrscheinlich von Wildtieren herrührten, gebe es keine Hinweise auf sonstige, besonders auf praemortale Verletzungen. Der Zahnstatus musste rekonstruiert und dann an mehrere zahnmedizinische - auch internationale - Zeitschriften zur Veröffentlichung weitergegeben werden. Mit einem eventuellen Ergebnis sei hier erfahrungsgemäß erst in mehreren Monaten zu rechnen. Die Gen- und die Isotopenanalyse erschienen widersprüchlich. Während die genetisch ermittelte Herkunft des Toten auf den europäischen Bereich des Mittelmeers hinwiese, deuteten die Isotopen auf eine Kindheit in den USA und später auf Westeuropa hin. Schließlich wurde noch darauf hingewiesen, dass es bei dem Erhaltungszustand des untersuchten Schädels auf Antrag möglich sei, eine computergestützte Gesichtsrekonstruktion in Auftrag zu geben, dem Antrag müsse jedoch eine Zusage der Kostenübernahme beigefügt werden.

„Na, das hilft uns ja enorm weiter", brummte Werner, während Mattes sich keine großen Gedanken machte:

„Komm, wir schauen jetzt die Vermisstenlisten der betreffenden Jahre durch und ansonsten soll sich das BKA damit befassen."

„So einfach ist das nicht, Mattes. Der Fundort liegt in unserem Zuständigkeitsbereich, also bleiben wir auf den Ermittlungen letztlich sitzen."

„Haben wir denn noch keine weiteren Ergebnisse von der Spusi? Die reden bis jetzt nur vom Skelett selber. Haben die denn gar nichts von der Kleidung oder vom Waldboden? "

„*Ich* habe noch nichts gesehen, aber da werde ich gleich einmal anrufen, wo wir schon dabei sind …"

Drews rief die Kollegen von der Spurensicherung an, erfuhr jedoch nichts, was ihn momentan weiterbringen konnte. Der Mensch am anderen Ende der Strippe vertröstete ihn auf ihren Bericht, der in absehbarer Zeit zu erwarten wäre.

„Mein Gott, Ihr wart auch schon mal schneller."

„Das liegt daran, dass du alt wirst, mein Lieber. Was meinst du, wie es dir geht, wenn du erst in Rente bist, ha? Dann hast du überhaupt keine Zeit mehr. Also genieße dein Leben und gedulde dich!"

„Ich … in Rente … mein lieber Schorschi, da kannst du noch ein paar Jährchen warten", gleichzeitig zwickte ihn sein blöder Rücken. „Nun gebt mal ein bisschen Gas!"

„Mensch, du weißt doch, manche Tests brauchen halt ein paar Sekunden länger, oder willst du unseren Bericht satzweise haben?"

Werner wandte sich wieder Mattes zu und die beiden beschlossen, die Vermisstenmeldungen zwischen den Jahren 1995 und 2005 durchzugehen, „damit endlich einmal etwas voran geht". In der Polizeistatistik fanden sie etwa vierzig Personen im Alter zwischen vierzig und fünfzig Jahren, die in Bayern innerhalb des betreffenden Zeitraums spurlos verschwunden waren. Sie schauten die Liste durch, konnten sich jedoch wegen Fehlens aller sonstigen Merkmale für keinen der aufgeführten, verschwundenen Menschen entscheiden. Für den Bereich des

Landkreises Altötting blieben vier bisher unaufge-
klärte Fälle im entsprechenden Alter übrig, aber bei
zweien passte die angegebene Körpergröße nicht mit
der gerichtsmedizinisch geschätzten überein, und
bei den beiden letzten Kandidaten stimmte das Geschlecht nicht.

„Geh her, Werner“, meinte Mattes, „das eilt
doch gar nicht so sehr. Wenn wir alles zusammen
haben, können wir uns richtig reinknien. Jetzt bringt
das ja doch nichts.“

„Schau mal da ins Regal. Mindestens zwanzig
alte Fälle, wo wir uns immer einmal reinknien wollten … Aber du hast recht, wir müssen abwarten.“

So war ihr Elan wieder gebrochen, die Akte
wanderte ins Regal zu den anderen und wartete dort
hoffnungsfroh auf weitere Ergebnisse aus Forensik
und Spurensicherung.

* * *

Die angebrochene Woche verging mit wenig
spektakulären Einsätzen. Es gab Verkehrsunfälle,
Ladendiebstähle, Einbrüche, Vandalismus, hand-
greifliche Eheauseinandersetzungen, Nachbar-
schaftsstreitigkeiten und sonstige Prügeleien, bei denen die Polizei schlichtend eingreifen musste, zwei
Anzeigen zu sexuellen Übergriffen von betrunkenen

Asylbewerbern, nächtliche Ruhestörungen und vieles mehr, was so zur täglichen Routine in einer Polizeidienststelle gehörte. Stets musste zu allem diesem ein mehr oder weniger ausführliches Einsatzprotokoll erstellt werden und darüber hinaus wurden die in der Dienststelle anwesenden Beamten und Angestellten wiederholt zu Besprechungen zusammengerufen, bei denen mehr oder weniger hilflose Szenarien zur Terrorprävention und Einsatzpläne für eventuelle terroristische Anschläge diskutiert wurden. Die von der Landesregierung stammenden diesbezüglichen Vorschläge waren eher von Ratlosigkeit geprägt und bezeichnenderweise niemals als Dienstanweisungen formuliert. Im Ernstfall sollte „je nach Lage vor Ort" entschieden, also improvisiert werden. Letztlich griff man immer wieder auf die in der örtlichen Dienststelle seit langem vorliegenden Pläne zurück, die einmal für größere Unfälle in den Industrieanlagen des sogenannten „Bayrischen Chemiedreiecks" zwischen den gedachten Eckpunkten Simbach/Braunau, Ampfing/Mühldorf und Traunreut erarbeitet worden waren. Wegen der hohen Betriebsdichte kam hier den Orten Burghausen und Burgkirchen eine besondere Bedeutung zu. Es wurde also viel geredet und diskutiert. Neu war nur der Hinweis von ganz oben, dass Bundespolizei und Innenministerium „unverzüglich" und „laufend" über die jeweilige Situation vor Ort zu unterrichten

180

seien. Nachdem dann auch in Deutschland, besonders in München, terroristische Anschläge stattgefunden hatten, wurde den Beamten erhöhte Aufmerksamkeit verordnet. Dies zusammen mit dem
stets wiederkehrenden Eingeständnis des Innenministers, dass „absoluter Schutz der Bevölkerung
nicht möglich sei“, führte zu einer Art unterschwel-
liger, resignativer Nervosität in der Dienststelle, immer mit der durch nichts zu begründenden Hoffnung
verbunden: *„Bei uns* wird schon nix passieren“.

Irgendwie drückte die allgemeine Stimmung
auch Werner aufs Gemüt und äußerte sich vor allem
in einer erhöhten Aktivität seiner geschädigten
Bandscheiben. Das Heizkissen brachte kaum noch
Erleichterung und seine immer öfter frequentierte
Physiotherapeutin Steffi wusste ihm auch bald nicht
mehr zu helfen. Sie schaffte ihm zwar hin und wieder etwas Erleichterung, wenn sie ihm mit dem Bemerken: „Was fürs Pferdl gut ist, hilft auch beim
Menschen“, ihren Ellenbogen an bestimmten osteo-
pathischen Punkten in den Rücken rammte, aber
spätestens am nächsten Abend dann war die heil-
same Wirkung wieder verpufft. Mehrfach hatte sie
ihn darauf hingewiesen, dass seine Rückenmuskula-
tur quasi nicht mehr vorhanden sei, dass er endlich
etwas gegen seine „Wamp’m“ tun sollte und dann
kam stets die gleiche routinemäßige Frage: „Warst
endlich amoi wieder i deim Fitness-Keller?“ Ja, er

hatte immer wieder einmal einen Impetus gespürt, sich fit halten zu müssen, aber kaum hatte er die Tür zu seinem häuslichen Sportraum hinter sich geschlossen, dann überfiel ihn eine unerklärliche Hemmung, sich sofort auf das Trimmrad zu setzen. Viel wichtiger erschien es ihm dann, den Raum von den überall sich ausbreitenden Spinnweben und dem Staub der letzten Monate zu befreien, und wenn er damit fertig war, dann meinte er für den Tag sportlich genug gewesen zu sein und nahm sich fest vor, am nächsten Tag … Aber am nächsten Tag kam garantiert etwas dazwischen, und wenn dann immer wieder einmal sein Blick auf diese vermaledeite Tür fiel, wandte er sich stets ohne langes Zögern und mit einem unerklärlichen, innerlichen Abscheu einer ‚viel wichtigeren' Aufgabe zu. Am beschämendsten war es, wenn Steffi ihn auf die Gymnastikmatte zwang, wo er jedes Mal bei dieser menschenverachtenden Übung („auf linkem Bein und rechtem Arm aufstützen … langsam bis zehn zählen … laaaangsam hab ich gesagt …und jetzt'n Katzenbuckel machen …") spätestens bei ‚sechs' zusammenbrach.

Mitten in diese schmerzhafte Woche hinein kam endlich ein Ergebnis von der Kriminaltechnik zu dem bei dem Skelett aufgefundenen Handy. Der SIM-Karte hatten sich tatsächlich noch einige bruchstückhafte Informationen entlocken lassen, darunter

182

mehrere nichtssagende Zahlenfragmente, aber immerhin auch der Netzbetreiber und ein Teil der Rufnummer des betriebenen Gerätes. Kollegin Loni musste sich sofort mit dem Provider in Verbindung setzen, wurde aber erwartungsgemäß vertröstet. Man würde sich darum kümmern und sich dann schriftlich melden.

* * *

Bis spät in den Samstagnachmittag hinein war Drews ‚in der Galeere', wie er seinen Dienst neuerdings nannte, und als er zu Hause eintraf, stand Margi auf der Stiege und meckerte ihn an, dass er ruhig einmal etwas eher heimkommen könnte, wenn sie doch abends etwas vorhätten. Werner schaute sie an wie eine Fremde und platzte heraus:

„Du hast es gerade nötig! Wochenlang kriegt man dich gar nicht zu Gesicht und kaum bist du da, geht die Meckerei schon los. Grüß Gott erstmal!" Dann hatten sie ihren ersten handfesten Streit. „…ist doch wahr…" wechselte mit „…zum Kotzen…", „… hab ich dir doch gleich gesagt …", „Du hat's grad nötig…", „… wann bist *du* denn mal da? Da kann ich ja *gleich* wieder ausziehen!"

Die Stimmung war durchaus nicht die beste und sie fuhren schließlich schweigsam hinauf zu

Opa und Oma, um Werners Geburtstag in der Familie nachzufeiern. Margrit verzog sich sogleich in die Küche zu Ingi, die gerade dabei war die Oma davon abzuhalten, immer wieder in den heißen Ofen zu schauen, wo ein Entenbraten vor sich hin brutzelte. Werner begab sich ins Wohnzimmer und begrüßte seinen Vater, der dort mit Mattes und einer schon fast geleerten Flasche Rotwein in seinem Massagesessel saß.

„Schau mal an, wenn's was zum Saufen gibt, ist der Mattes immer als erster zur Stelle…"

„Kann ich was dafür, wenn du immer langsamer wirst?… Wir reden gerade darüber, wie viele Menschen heutzutage einfach so verschwinden, und der Opa hat gesagt, das sei früher nicht so gewesen, da hätte man die Bevölkerung noch besser im Griff gehabt, auch ohne Computer und vernetztes Meldewesen."

„Scheißcomputer. Verändert alles und macht niemanden glücklicher … Bekomm ich auch was zu trinken?"

Der Opa bemerkte besorgt, wie sein Sohn zum Sessel humpelte und sich aufseufzend hineinfallen ließ: „Was ist denn mit dir? Hast du Schmerzen?"

„Mei … das verdammte Kreuz halt."

„Gehst denn nimmer zum Sport? Wir mussten das früher jede Woche zwei bis drei Stunden lang."

„Früher, Opa, früher … da war alles anders."

„Das klappt nur noch in den großen Städten, wo genug Personal ist, aber hier, auf dem Land …“

„Schau dir mal unseren Dienstplan an, da bleibt für gemeinsamen Sport keine Zeit mehr. Die einzigen, die noch regelmäßig trainieren, sind unsere drei jungen Kollegen und natürlich die beiden Anwärter. *Die* brauchen das dringend für ihre Abschlussprüfung. Ansonsten ist das alles nur noch Papier. Die Realität sieht anders aus.“

„Und Schießtraining? Das müsste doch gerade im Moment sehr wichtig sein.“

„Zweimal im Jahr … und auch da geht es nicht mehr darum, möglichst genaue Treffer zu landen, sondern eigentlich nur noch um Selbstschutz. Außer bei den Spezialisten ist das auch fast uninteressant geworden. Ja, früher, auf dem Schießstand, das hat noch Spaß gemacht …“

„Verrückt. Irgendwie geht alles den Bach runter.“

„Das kannst du laut sagen.“

„Ich weiß nicht, was ihr wollt“, warf Mattes ein. „Wir haben zwar augenblicklich viel Stress, aber wir sollen ja nun wieder mehr Leute bekommen. Und schaut euch mal unsere Aufklärungsquote an. Wir werden doch immer besser.“

„Mann, Mattes. Mehr Leute! Wenn *einer* davon *bei uns* landet, haben wir Glück gehabt. Und was die Aufklärung angeht … Ja, bei Gewaltverbrechen, aber sie wird bei Einbrüchen immer schlechter. Zu Blechschäden fahren wir gar nicht mehr hin, wenn es keine Verletzten gibt. Wir schaffen ja schon lange kaum noch die Verkehrskontrollen, da muss eine Fremdfirma ran … Hör doch auf. Ich fühle mich immer mehr an die alten Römer erinnert. Auflösungserscheinungen überall. Lug und Betrug bis in die höchsten Kreise – auch bis hinauf in die Politik – vom Internet ganz zu schweigen, da hinken wir immer hinterher. … Nun ja. Zum Wohl! *Wir* werden's nicht ändern. … Wie geht's der Oma eigentlich?"

„Mei, Bua, was soll ich sagen? Es wird halt immer schlimmer mit ihr. Wenn die Mädels sie aus der Küche vertrieben haben, kommt sie bestimmt gleich wieder her und deckt zum zwanzigsten Mal den Tisch neu. … Und jedes Mal wird es chaotischer. … Gestern musste ich sie wieder einmal einfangen. Sie war einfach weg."

„Wie soll das weitergehen, Opa? Wir werden eine Pflegekraft für die Oma brauchen."

„Wird schon noch ohne gehen … Mir machen ganz andere Dinge Sorgen: Hast du die Aufforderung des Innenministers zur Vorratshaltung in der Bevölkerung gehört?"

„Na klar. … Das ist Wahlkampfgetöse!", meinte Mattes.

„Ich weiß nicht so recht. *Mich* erinnert das stark an meine Kindheit im Krieg, an die Gebetsmühle Norbert Blüm mit seinem ‚Die Renten sind sicher‘ und an die Kanzlerin, wie sie 2008 mit ihrem Finanzminister im Fernsehen auftrat, um die Gemüter zu beruhigen mit ‚Ihr Geld ist sicher‘. Danach ist dann immer irgendwas entsprechendes geschehen.“

„Stimmt schon, Opa. Aber ich sag ja schon lange, dass die da oben alle schon längst den Überblick verloren haben.“

„In ihrer Naïvität haben sie die Büchse der Pandora geöffnet und gleichzeitig die Apokalyptischen Reiter losgelassen.“

„*Was* haben die losgelassen?“, riss Mattes die Augen auf.

„Ach, Mattes, da hast du in der Schule mal wieder nicht richtig aufgepasst. … Der Opa meint, die Politik habe allen Lastern und Untugenden der Menschen den Weg bereitet: Krieg, Mord, Totschlag, Geilheit, Gier, Betrug und Korruption zum Beispiel, um nur einiges zu nennen. Da hat der Opa wohl auch weitestgehend Recht, aber schon die alten Griechen hatten die Büchse geöffnet und damit all diese netten Tugenden auf die Menschheit losgelassen. Allerdings haben wir in den letzten siebzig Jahren Wirtschaft und Handel besonders liebevoll gedüngt und die wachsen uns jetzt voll über den Kopf.

… Aber, *wir* hier werden das nicht ändern. … Schaut hin, die Ente kommt. Also widmen wir uns verstärkt der Völlerei. … Habt's auch an gud'n Roten?"

Es war für alles gesorgt. Die Männer diskutierten weiter das eine oder andere Problem, bis Ingi plötzlich völlig bleich aufsprang, sich die Hand vor den Mund hielt und eiligst den Raum verließ. Werner zuckte nur mit den Schultern und widmete sich seinem Rotwein, Margi stand zögernd auf und auch Mattes folgte Ingi hinaus. Die Oma hatte plötzlich einen ihrer klaren Momente, nickte vor sich hin und meinte dann klar und deutlich: „Schwanger is's halt des Deandl."

Diese Bemerkung ließ Werner und den Opa zunächst einmal schlagartig verstummen und die Weltpolitik mit all ihren verwirrenden Schrecknissen weit in den Hintergrund treten.

* * *

Werner freute sich ungemein über Omas Offenbarung und trotz ihrer verwirrten und oftmals verwirrenden Krankheit zweifelte er keinen Augenblick daran, dass die alte Frau recht hatte. Ein anderes Indiz sprach ebenfalls für Omas Einschätzung, Mattes und Ingi waren nicht mehr zu den anderen zurückgekommen und ohne Abschied verschwunden. Nun, endlich würde das g'schlamperte Verhältnis, das ihm fast allmorgendlich beim Frühstück begegnete, legalisiert und das Deandl käme unter die Haube. Alt genug war sie ja, die Ingi. Einerseits freute Werner sich schon auf die Hochzeit, andrerseits durchzog ihn diese gewisse Wehmut, die fast allen Vätern irgendwie widerfährt, wenn die Töchter endgültig abnabelten. Auf dem Heimweg überlegte er, ob er von sich aus seine Tochter auf das zu erwartende, freudige Ereignis ansprechen, oder ob er abwarten sollte, bis sie von sich aus … „Herrschaftszeiten! Früher wäre das kein Problem gewesen, aber mit diesen jungen Leuten von heutzutage – obwohl sie so viel freier lebten als ihre Eltern damals – musste man so vorsichtig sein mit dem was man sagte, die waren so empfindlich bei dem leisesten Verdacht, dass sich jemand in *ihr Leben* einmischen könnte. Schade, die Mama war nicht mehr dabei. Sie hätte sich sicherlich riesig gefreut. Bei diesem Gedanken fiel ihm plötzlich auf, dass Margrit sich bei ihm eingehängt hatte, neben ihm her schritt, und obwohl sie den ganzen Abend immerzu etwas zu nörgeln gehabt hatte, nun völlig stumm blieb.

„Meinst du, die Oma hat recht?", fragte Drews seine Lebensgefährtin.

„Wahrscheinlich schon", kam eine knappe Antwort.

„Ist was?“

„Was soll denn sein? Ist doch normal, oder?“

„Du bist so komisch.“

„Findest du?“

„Ja.“

Ein paar stumme Schritte später brach es aus Margrit heraus: „Ich wollte auch immer gern ein Kind haben.“

„Aber, Schatz …“

„Ja, ich weiß, du bist zu alt dafür.“

„Was soll *das* denn jetzt heißen? … Du bist ja wohl auch nicht mehr sooo taufrisch!“

„Leider. … Irgendwie hab ich das verpasst. … Obwohl …“

„Margi, bitte!“

„Ich meine ja nur. … Heutzutage bekommen viele Frauen über vierzig noch Kinder.“

Werner blieb stehen und schaute sie an, „Willst du das jetzt wirklich oder ist das nur so ein Gerede?“.

„Ich denke immer wieder mal darüber nach.“

„Aber …“

Da fiel sie ihm plötzlich um den Hals und fing an zu schluchzen: „Entschuldige, bitte, ich weiß auch nicht was mit mir los ist.“

„Du bist den ganzen Tag schon so …“

„Ich weiß ja. … Komm, wir machen, dass wir heimkommen.“

* * *

Fast zwei Wochen später brachte Loni ein Geheft langer Listen hinauf in Werners Büro: „So, hier ist die Antwort des Mobiltelefonbetreibers. Ging ja doch relativ schnell. Hoffentlich hilft Euch das weiter."

Die Listen enthielten über zehntausend Nummernkombinationen mit der Ziffernfolge 3489 des betreffenden Anbieters. Ein paar hundert davon waren als „nicht vergeben" oder „prepaid" gekennzeichnet, während bei allen anderen die Namen und sonstige Daten der bisherigen Nutzer vermerkt waren. Werner wog das Bündel Papier hoffnungslos in der Hand und entschloss sich dann, die Wühlarbeit auf mehrere Kollegen aufzuteilen. Auf Lonis Frage, wonach sie eigentlich suchen sollte, kam die etwas unsichere Antwort: „Na, nach Namen von Leuten, die … sagen wir mal vor 2005 verstorben oder verschwunden sind und deren Handynummern danach weiter vergeben wurden. Zunächst einmal solche aus unserer Gegend, Landkreise Altötting, Mühldorf, Traunstein… eventuell ausweiten auf Rottal-Inn, Passau und Landshut. Danach sehen wir weiter."

„Allah!", brummte Mattes, „und bis wann?"

„Bis gestern! Nun tut mal endlich was!"

Offenbar war der Zeitaufwand für das Durchforsten der Listen dann doch nicht so groß gewesen, denn schon am übernächsten Morgen bekam Drews die Listen zurück mit nur vier angekreuzten Rufnummern und Namen. Drei Frauen und ein Mann, alle zwischen 2000 und 2008 spurlos verschwunden.

Die Diskussion bei der Dienstbesprechung wurde relativ kurz. Storch preschte vor und meinte: „Dann konzentrieren wir uns doch wohl auf den Mann.“

„Natürlich. Aber du scheinst davon auszugehen, dass das Handy dem Toten gehörte. Dazu gibt es aber keinen Hinweis. Es kann genauso gut dem Mörder gehört haben, der es nur verloren hat.“

„Aber *der* hätte es sich doch sicher wiedergeholt… „

„Wer weiß? Vielleicht hatte er – oder auch *sie* – Angst vor Entdeckung, wenn sie sich noch einmal am Tatort zu schaffen machten.“

„Das war dann aber sehr leichtsinnig. Stellt euch vor, jemand hätte das Handy angerufen und jemand hätte das im Wald gehört, dann wäre die Leiche doch damals schon recht schnell entdeckt worden.“

„Wie dem auch sei, es ist, wie es ist… Noch jemand was dazu zu sagen?“

Man kam noch einmal darauf zurück, dass es keinerlei Übereinstimmung mit den vier Verschwundenen aus dem Landkreis gäbe, „Da passt nichts zusammen.", meinte Mattes und der Chef zog enttäuscht und ärgerlich die Augenbrauen hoch, meinte dann aber ganz ruhig: „Na, dann forscht mal schön weiter … Aber das hat keine höchste Priorität, klar?"

Diese Bemerkung war eigentlich der Todesstoß für die Skelett-Ermittlungen und die Akte wäre normalerweise nun im Regal verschwunden, hätte Mattes nicht einen plötzlichen Einfall gehabt:

„Entschuldigt, bitte, wenn ich trotzdem noch einmal darauf zurück komme … Soweit ich mich erinnere, hat die Gerichtsmedizin doch auf die Möglichkeit einer Gesichtsrekonstruktion hingewiesen. Sollten wir das nicht wahrnehmen

„Ich weiß nicht so recht", wiegte der Chef seinen Kopf. „Das haben andere Dienststellen auch schon gemacht, aber die Ergebnisse sind nicht immer sehr befriedigend und ich glaube, die Angelegenheit ist relativ teuer."

„Ich kann mich ja mal drum kümmern und, wenn das klappen sollte, könnte man das Ergebnis in die Presse bringen. Vielleicht erinnert sich jemand an das Gesicht."

„Gut, Mattes, kümmre dich drum, aber klär auch gleich die Kostenfrage."

Damit endete die Dienstbesprechung und auf dem Weg ins eigene Büro klopfte Werner dem Mattes auf die Schulter: „Gute Idee. Wenn's was bringt, geb' ich dir einen aus!".

* * *

Wieder ging einige Zeit ins Land. Mattes hatte das Institut ausfindig gemacht, bei man forensische Gesichtsrekonstruktionen erstellen lassen konnte. Die Angelegenheit sei gar nicht so kompliziert, vor allen Dingen entfiele bei der preiswerteren, computergestützten Methode die Übersendung des Totenschädels. Eine ausführliche Computertomographie, wie man sie in jedem Krankenhaus erstellen könne, reiche dem Institut völlig. Allerdings fielen hierbei die Ergebnisse ziemlich unterschiedlich aus. Die Modelliertechnik in Handarbeit dauere wesentlich länger, sei entsprechend teurer, bringe jedoch bessere Ergebnisse. Eine zeitnahe Bearbeitung von Mattes Anfrage sei momentan jedoch nicht möglich, benötige man doch zwischen vierzig und siebzig Arbeitsstunden für jeden einzelnen Fall. Man müsse sich im Moment auf eine Wartezeit von mindestens vier bis fünf Wochen einstellen. Also unterbreitete Mattes dem Chef die unterschiedlichen Kostenvoranschläge, der sie stirnrunzelnd und mit dem Bemerken, er wolle sehen, was sich machen ließe, entgegennahm. Dann wanderte die Akte zunächst einmal ins Regal des Chefs.

Kurz vor Ostern des Folgejahres betrat der Chef mit stolzgeschwellter Brust den Konferenzraum und flappte Werner eine Akte vor die Nase auf den Tisch:

„So, jetzt könnt ihr weitermachen."

Werner schaute die Aufschrift auf dem Aktendeckel an und fiel aus allen Wolken: „Lieber Gott! Den hatten wir ja schon ganz vergessen."

Der Chef schaute bedeutungsvoll und wies mit dem Kinn Richtung Akte: „Mach mal auf!", meinte er und schaute erwartungsvoll drein.

Obenauf befanden sich mehrere Bilder des gleichen Gesichts, mal mit blonden Haaren, mal brunett, mal schwarz, mit und ohne Bart, sowie eine Serie Profilbilder mit der gleichen unterschiedlichen Ausstattung. Mattes schaute Werner über die Schulter: „Toll, Chef! Die sind ja sagenhaft geworden. Die können wir jetzt an die Zeitung geben."

„Seid mal nicht allzu optimistisch… Im Begleitschreiben weisen sie darauf hin, dass die erreichte Ähnlichkeit mit dem früheren Aussehen des Toten bei etwa achtzig Prozent anzusetzen ist. Aber versuchen sollten wir es, schließlich hat die Geschichte ja auch Geld gekostet."

„Klar versuchen wir das. Ich ruf gleich mal den Redakteur an und dann machen wir uns an den Begleittext.“

So geschah es denn auch und am übernächsten Tag erschienen vier verschiedene Bilder mittlerer Haarfärbung, mit und ohne Bart, sowie zwei unterschiedlich schattierte Profilbilder in der Regionalzeitung. Die Leser wurden gebeten, sich bei der Polizei zu melden, wenn sie den abgebildeten Mann vor etwa fünfzehn bis zwanzig Jahren gekannt oder gesehen hatten.

Wider Erwarten dauerte es nicht lange, bis die ersten beiden Rückmeldungen in der Dienststelle eintrafen. Die erste, die sich noch am Erscheinungstag meldete, war eine gewisse

Mara Steinbichler. Sie war eine resolute, gestandene Fünfzigerin, die persönlich in der Dienststelle erschien und sofort zu Hauptkommissar Werner Drews weitergeleitet wurde.. Sie stellte sich als ehemalige Chefsekretärin der GX-Tec vor und kam sogleich auf den Punkt. Sie meinte, den in der Zeitung abgebildeten Menschen zu kennen und berichtete dann ausführlich über die Begegnungen, die sie mit ihm gehabt habe. Besonders genüsslich beschrieb sie die Szene, als sie diesen *Herrn Benson* von zwei kräftigen Kollegen vom Firmengelände hatte vertreiben lassen. Drews führte die Befragung und Mattes machte eifrig Notizen. Auf die Frage, wer seinerzeit sonst noch mit diesem *Benson* in Berührung gekommen sei oder irgendetwas zu seiner Person aussagen könne, benannte Mara Steinbichler ihren damaligen Chef, *Dr. Geissen*, sowie zwei ehemalige Mitarbeiter, die ganz sicher ebenfalls etwas zu *Benson* zu sagen hätten: *Dr. Michael Brunner* und dessen Kollegin, eine *Frau Dr. Sandra Hartung.* Nach kurzem Innehalten verbesserte sie sich jedoch mit den Worten „Ach nein, der Brunner ist ja tot … „Ja, und dann wäre da noch der Herr *Huber* aus dem Rottal, der Abgeordnete vom Bundestag."

Das Gespräch zog sich noch eine zeitlang hin, aber schließlich wurde die Zeugin zunächst einmal heimgeschickt mit der Bitte, am nächsten Tag noch einmal vorbeikommen zu wollen, um das Aussageprotokoll zu unterschreiben.

„Die hatte was gegen den", meinte Mattes, als er mit Werner allein war.

„Das war ziemlich eindeutig. Ist ja auch kein Wunder, schließlich scheint sie diesen *Benson* ja irgendwie mit dem Untergang der GX-Tec in Verbindung zu bringen… Na gut, das könnte ein viel versprechender Anfang sein. Tippst du schon mal das Protokoll?"

Am nächsten Tag erschien die Zeugin Steinbichler zur Unterschrift und machte noch eine weitere Bemerkung: „Der Typ hat damals, glaube ich, in einem Hotel in der Altstadt gewohnt. Ich weiß nicht, wie ich darauf komme, das ist alles schon so lange her…“

Noch während Werner das Protokoll überflog und sich Notizen zum weiteren Vorgehen machte, wurde ein Anrufer zu ihm durchgestellt, der sich mit dem Namen Geissen vorstellte.

„Ach, Dr. Geissen von der GX-Tec?“, fragte Drews . „Das trifft sich gut, ich wollte Sie sowieso heute noch kontaktieren. Sie rufen wegen dem Bild in der Zeitung an?“

„Ja. Tut mir leid, aber ich habe die Zeitung erst heute gelesen, ich war in Urlaub. Ja, ich glaube, ich kenne den Mann. Ein gewisser Mattson. Der hat mir damals einige Schwierigkeiten bereitet… „

„Sie sagen Mattson… hieß der nicht Benson?“

„Benson oder Mattson, der ist damals unter beiden Namen hier aufgetreten.“

„Das ist ja interessant. Herr Dr. Geissen, können wir uns bitte sehen? Ich hätte da eine Menge Fragen.“

Man verabredete sich für den Nachmittag und Werner fuhr dann mit Mattes hinaus nach Mehring, einem kleinen Ort westlich von Burghausen, wo Dr. Geissen in einem hübschen Einfamilienhaus am Waldrand wohnte.

„Schön haben Sie’s hier“, bemerkte Werner zur Begrüßung, „Ich müsste auch langsam aus der Stadt raus.“

198

„Na ja, das ist alles, was von meinem Betrieb übrig geblieben ist. Aber inzwischen weine ich der GX-Tec keine Träne mehr nach … Hab ja schließlich auch schon das Rentenalter erreicht… Aber, bitte, nehmen Sie doch Platz. Kann ich Ihnen irgendetwas anbieten?“

„Danke, nicht nötig. Kommen wir doch gleich zu dem Grund unseres Treffens. Sie glauben, das rekonstruierte Gesicht aus der Zeitung wiedererkannt zu haben?“

„Ja, wie ich Ihnen schon sagte, scheint es sich dabei um einen gewissen Mattson zu handeln.“

„Ihre ehemalige Sekretärin, Frau Mara Steinbichler, hat sich gestern bei uns gemeldet und sie nannte unseren Toten *Benson*. Sie sagten mir dann am Telefon, der sei unter beiden Namen aufgetreten?“

„Stimmt. Er hatte mich unter dem Namen Benson um ein Gespräch gebeten, ist dann allerdings sehr schnell aufgeflogen. Wir haben damals an einem mehr oder weniger geheimen Regierungsauftrag gearbeitet und dieser Benson/Mattson war dadurch aufgefallen, dass er versuchte, Informationen über die Natur dieses Auftrags zu sammeln. Ich hatte mich mit Berlin in Verbindung gesetzt. Dort war Mattson - vielleicht bleiben wir bei diesem Namen, denn so hieß er ja wohl wirklich – ja, der war in Berlin bereits als ein mit schrägen Methoden arbeitender Lobbyist aufgefallen und wir wurden gewarnt."

„Können Sie uns sagen, *wann* das in etwa stattgefunden hat?"

„Das kann ich Ihnen sogar ziemlich genau sagen. Das war im Spätsommer 1998."

„Das könnte passen… Und Sie haben von diesem Mattson danach nichts mehr gehört?"

„Oh, doch! Mehr als mir lieb war. Er tauchte im Abstand von ein paar Monaten immer wieder einmal auf und versuchte uns zu erpressen. Das hörte erst nach dem großen Brand im Herbst 2000 auf. Und ich bin heute noch überzeugt davon, dass der Mattson damals seine Finger im Spiel gehabt hat."

„Wobei? Bei dem Brand?"

„Ja. Das war ja dann auch praktisch das Ende meiner Firma. Wir hatten die Skrupellosigkeit dieses Herrn und seiner Hintermänner völlig unterschätzt."

„Das klingt ja beinahe so, als wären Sie der Mafia in die Hände gefallen…"

„Schlimmer! Ich würde sagen, es war schlimmer!"

„Können Sie mir sagen, *woran* Sie mit Ihrer Firma denn damals gearbeitet haben? Das klingt ja schon fast nach Atombombe?"

„Ich bin nicht sicher, ob ich darüber reden darf, obwohl das alles schon fast zwanzig Jahre her ist. Aber ich habe mit dieser Frage gerechnet. Unser damaliger Auftraggeber seinerzeit bei der Bundesregierung hat sich aus der hohe Politik zurückgezogen und ist schon seit Jahren wieder in der Kommunalpolitik tätig. Ich habe ihn gebeten, an unserem Gespräch teilzunehmen. Ich erwarte ihn eigentlich jeden Moment… Vielleicht darf ich Ihnen in der Zwischenzeit *doch* ein Bier oder ein Glas Wein anbieten?“

Mattes schaute auf die Uhr und meinte, dass seine Dienstzeit für den Tag eigentlich um sei. Werner sah das genauso und so ging man für die nächsten zwanzig Minuten zum gemäßigten Trinken über.

Es dauerte dann doch noch fast eine ganze Stunde, bis der ehemalige MdB Huber eintraf, man stellte einander vor und Huber setzte sich mit dem Bemerken, „Jetzt kommt diese alte Geschichte doch wieder hoch“, zu den anderen. „Hat es den Drecksack damals tatsächlich erwischt?“

Huber berichtete dann ausführlich über alles, was ihm in Zusammenhang mit Mattson und den gesetzlich festgelegten Grenzwerten einfiel. Er schloss seinen Vortrag mit den Worten: „Immerhin haben wir seinerzeit den Maulwurf im Archiv der Bundesregierung ausfindig machen können und ihn festsetzen lassen. Auch dabei war dieser Mattson ein maßgeblicher Hintermann gewesen.“

Die beiden Beamten hatten aufmerksam und teilweise fasziniert zugehört und Mattes ließ sich einmal sogar mit der Bemerkung hören: „Verdammt, das ist ja schon fast internationale Kriminalität. Sind *wir* da überhaupt noch zuständig?“

„'Fast' ist gut“, meinte Dr. Geissen. „Ich bin sicher, dass eine weltweit agierende Organisation dahinter steckt, die sich das Milliardengeschäft mit der ach so bequemen drahtlosen Kommunikation nicht entgehen lassen will und immer neue Anwendungsmöglichkeiten für ihren digitalen Scheiß sucht und findet. Wenn das so weitergeht, werden wir eines Tages statt Luft nur noch Funkfrequenzen atmen.“

Drews überlegte kurz und meinte dann: „Wenn ich das richtig verstanden habe, dann waren mit den Forschungen hauptsächlich zwei Ihrer Leute befasst …?“

„Ja, das waren Dr. Michael Brunner und Frau Dr. Sandra Hartung.“

„Wissen Sie, wo sich die jetzt aufhalten, oder wo sie untergekommen sind? Ich meine, bei welcher Firma arbeiten die jetzt?“

„Brunner ist tot.“

„Woran ist der gestorben? Schließlich war er ja wohl noch nicht so alt?“

„Nein, er war in meinem Alter. Er ist von einem Auto zusammengefahren worden.“

„Aha! und die Frau Dr. …?“

„Hartung. Frau Hartung ist völlig ausgestiegen. Sie betreibt, soweit ich informiert bin, eine Gemüsezucht drüben in der Nähe vom Holzöster See.“

„Und, was die Grenzwerte angeht? Haben Sie da noch etwas erreichen können?“, wandte sich Drews an den ehemaligen MdB.

„Ich hatte versucht, bei einem Arbeitsessen mit dem damaligen Kanzler über die Angelegenheit zu sprechen. Der hat mir zwar aufmerksam zugehört, aber schließlich hat er mich regelrecht ausgelacht. Er meinte, er wolle schließlich wiedergewählt werden und er würde den Teufel tun, der Bevölkerung ihr immer beliebter werdendes, bequemes Spielzeug wegzunehmen. Es hatte nur noch sein ‚Basta‘ gefehlt!“

Nach fast fünf Stunden machten sich die beiden Beamten wieder auf den Heimweg und diskutierten unterwegs, ob die ganze Angelegenheit nicht ein paar Nummern zu groß für die örtliche Dienststelle sei. Werner Drews meinte abschließend, dass man so weit ermitteln sollte, wie man könne, um dann schließlich einen gut recherchierten Fall an das BKA abgeben zu können. „Außerdem, Mattes, findest du nicht, dass die Geschichte hoch interessant ist und dass wir einiges lernen können bei unseren Nachforschungen, Dinge, von denen wir bisher keine Ahnung hatten? Ist doch besser, als sich dauernd nur mit Einbrüchen, Familienstreitereien oder mit den örtlichen Ultras zu beschäftigen… *Ich würde gern weitermachen, besonders jetzt, wo wir der Lösung des Problems recht nahe zu kommen scheinen. Irgendwie habe ich es im Gefühl, dass diese Dr. Hartung uns weiterhelfen kann.*"

Mattes stimmte zu und kurze Zeit später hatte er herausbekommen, wo genau sich Dr. Hartungs Bio-Plantage befand. So standen sie denn ein paar Tage später zu dritt und in Zivil – schließlich befand man sich im benachbarten Ausland - in dem kleinen Verkaufsstand von ‚Sandras Biogarten' und schauten sich, wie interessierte Kunden dies zu tun pflegen, ein wenig um. Loni mischte sich mit ihrem Einkaufskorb unter die Hausfrauen, die vor ihnen dran waren, Drews schlenderte mit Mattes hinaus ins Freiland, wo sie sich von einem jungen Mann herumführen ließen, der ihnen zeigte , wie man dort Obst und Gemüse anbaute und was dort alles wuchs. Beiden fiel auf, dass sich über dem größten Teil des Geländes oberhalb der Baumkronen der Obstbäume ein grobes Netz von Drähten zog und auf Werners Frage, wofür denn diese Drähte gut seien, meinte der junge Mann nur: „Da müssen Sie die Mam fragen. Das ist ihre Idee und sie legt großen Wert drauf."

„Ach, Sie sind der Sohn vom Geschäft. … Sagen Sie, seit wann gibt es den Betrieb hier denn schon. Wir haben nur durch Zufall davon erfahren. Wir kommen aus Burghausen.“

„Burghausen! Ja, da haben wir schon ein paar Kunden. Schön, dass sich das rumspricht. … Ich glaube, die Mam hat den Garten schon lange, jedenfalls so lange ich denken kann. Sie hatte ganz klein angefangen, aber inzwischen … Sie sehen ja selbst wie groß das geworden ist. Sie hat fast jedes Jahr ein Stückchen Land dazugepachtet und nächstes Jahr möchte sie das Feld da hinten auch noch bebauen. Mal sehen ob’s was wird.“

Zurück am Verkaufsstand gesellten sie sich zu der immer noch wartenden Loni, und als sie endlich dran waren, platzte Drews mit der Frage heraus:

„Warum haben Sie eigentlich diese Drähte da gespannt, wozu brauchen Sie die?“

„Das machen wir, damit die Früchte möglichst viel Aroma bekommen. Haben Sie schon einmal unsere Tomaten probiert?“ Damit reichte sie jedem eine Tomate und freute sich, wie Loni nach einem herzhaften Biss ausrief: „Sapradi, die sind ja wirklich toll. So haben sie geschmeckt, als ich noch klein war.“

„Gell? Und daran sind hauptsächlich die Drähte schuld.“

„Das müssen Sie mir erklären“, meinte Werner. „Das muss ich meiner Frau erzählen, die jammert dauernd rum, dass die Tomaten heutzutage nicht mehr das sind, was sie mal waren.“

„Na, hoffentlich bekomme ich da nicht Konkurrenz“, lachte Frau Dr. Hartung. „Aber wenn Sie das wirklich interessiert, dann kommen Sie doch mit ins Büro, da kann ich Ihnen das genau erklären.“ Sie rief noch ihrem Sohn zu, dass er sich mal kurz um den Laden kümmern sollte. Und während Loni sich weiter um ihre Einkäufe kümmerte, führte Frau Dr. Hartung die beiden Männer in einen neben dem Verkaufsstand stehenden Container, der ihr als Büro diente. Sofort fiel ihnen ein großes Plakat auf, das die Hälfte einer Wand einnahm.

„Schauen Sie“, und Sandra wies auf dieses Plakat. „Hier ist der ganze Garten aufgezeichnet und die blauen und roten Striche, die Sie hier sehen, stellen die Drähte dar, für die Sie sich interessieren. Das sind aber nicht einfach nur Drähte, das sind grob abgestimmte Antennen.“

„Antennen… ?“

„Ja, da staunen Sie, was?“

„Allerdings. Was haben Antennen in einem Gemüsegarten zu suchen? Senden Sie da was?“

„Nein, im Gegenteil. Wir *empfangen* etwas. Im Grunde ist das Ganze eine Abschirmung gegen bestimmte Frequenzen.“

„Ach, und welche Frequenzen?“

„Wissen Sie, ich bin das Ganze streng wissenschaftlich angegangen. Ich hatte bemerkt, dass wir alle in überall abgestrahlten Frequenzen regelrecht ersaufen, und ich war der Meinung, dass uns das krank macht. Und nicht nur *uns*, sondern alle Lebewesen, Pflanzen und Tiere. Ich rede hier hauptsächlich von der Strahlung von Handys und Satelliten …“

„Von technischer Strahlung, also.“

„Oh, Sie sind vom Fach?“

„Nicht direkt, aber wir haben uns schon lange dafür interessiert, gell, Mattes?“

„Ja, wir haben da nämlich einen Freund, der ist Amateurfunker, und der erzählt uns immer wieder was von seinem Hobby.“

„Ah ja, dann wissen Sie vielleicht in etwa, wovon ich rede. Jedenfalls bilde ich mir ein, dass mein Obst und Gemüse von unseren Antennen stark profitiert. Immerhin kommen immer mehr Kunden zu uns. Schauen Sie, ich muss rüber in den Laden, da sind schon wieder welche, da muss ich meinem Sohn helfen.“

„Einen Moment noch.“, sagte Werner Drews, zog den Zeitungsausschnitt mit dem rekonstruierten Gesicht aus seiner Brusttasche und legte ihn Frau Dr. Hartung vor. „Kennen Sie *den* da?“

Gespannt schauten die beiden Beamten auf Sandra, die sich auf dem kleinen Schreibtisch abstützte und langsam auf ihren Stuhl sank. Eine unendlich scheinende Weile sagte sie nichts und saß nur stumm vor den Bildern. Dann hob sie den Kopf:

„Wer sind Sie? Woher kommen Sie? Was wollen Sie von mir? … Ich habe seit fast zwanzig Jahren nichts mehr damit zu tun! … Bitte, gehen Sie. Lassen Sie mich in Ruhe. Ich arbeite schon ewig nicht mehr in der Richtung. Bitte… .", und sie stand zitternd auf und bewegte sich zögernd zur noch offenen Tür. Mattes schaute seinen Vorgesetzten an, aber der zuckte nur die Achseln. Langsam folgten sie der Frau, Drews blieb bei ihr stehen, griff in die Brusttasche und holte eine Dienstkarte heraus, die er ihr mit den Worten überreichte:

„Ich weiß zwar nicht genau, wovor Sie Angst haben, es sei denn, Sie hatten etwas mit dem Tod dieses Mattson zu tun. *Wir* beide sind Polizeibeamte aus Burghausen. Wir haben das, was von Mattson übrig ist, gefunden und müssen den Fall aufklären. Ich lasse Ihnen den Zeitungsartikel hier und bitte Sie, sich bei uns zu melden und uns alles zu erzählen, was mit dieser Geschichte zu tun hat. Natürlich könnten wir Sie über die österreichische Amtshilfe auch befragen lassen, ich halte es aber für besser, Sie kommen freiwillig zu uns und berichten alles … auch das, wovor Sie so offensichtlich Angst haben.

Wenn Sie nicht direkt am Tod des Mannes beteiligt waren, wird sich eine Lösung finden lassen. Ich bitte Sie, sich das alles gut zu überlegen. Auf Wiedersehen, und nix für ungut." Damit wandte sich Drews dem Ausgang des Biogartens zu, winkte Loni und die drei Beamten fuhren wieder über die Grenze..

„Glaubt Ihr, die hat etwas mit unserem Gerippe zu tun?", fragte Loni unterwegs.

„Und wie!", meinte Mattes und wandte sich an Werner, „Warum … ?"

„Ach hör doch auf. Du weißt genau, dass wir hier im Ösi-Land keine Befugnisse haben. … Ich glaube nicht, dass sie den Mattson umgebracht hat, aber ich denke, sie weiß etwas von der Sache und es war eindeutig, dass sie völlig überrascht und verängstigt war. Wer weiß, für wen sie uns gehalten hat. Wir geben ihr eine Woche Zeit, und wenn sie sich bis dahin nicht bei uns gemeldet hat, dann lassen wir sie von den Kollegen hier vorladen."

„Je älter du wirst, um so weicher wirst du.", meinte Mattes nur.

„Du wirst sehen, sie kommt zu uns. … Und jetzt machen wir einen kleinen Umweg über ein Bier."

Es sollte dann doch noch fünf Tage dauern, bis Frau Dr. Sandra Hartung sich durchgerungen hatte, in der Burghauser Polizeidienststelle aufzutauchen.

Sie musste lange warten, bis die Kommissare von einem Einsatz bei einer Massenschlägerei unter Asylanten zurückkamen, und als Drews die Dame im Eingangsbereich erblickte, stieß er Mattes freudig in die Seite und meinte nur: „Ich hätte drauf gewettet."

„Sie haben diesen Mattson also gekannt", eröffnete er die Befragung in Gegenwart von Loni, die das Tonbandgerät eingeschaltet hatte und sich sonst im Hintergrund hielt.

„Gekannt, gekannt! ... Ich bin ihm vielleicht zwei- oder dreimal begegnet und ich kann mich nicht einmal daran erinnern, ob wir einander ‚Grüß Gott' gesagt haben… Fast alles, was ich über ihn weiß, habe ich von Geissen und Michi gehört …"

„… Michi?"

„Ich meine Dr. Brunner. … Wir wollten heiraten", schluchzte sie auf und kramte in ihrem Handtäschchen nach einem Taschentuch, während die Tränen flossen. „Entschuldigung, … ich hatte geglaubt, ich wäre darüber hinweg, aber Ihr Besuch neulich … das hat alles wieder aufgewühlt."

Drews wartete ein wenig, bis sie sich beruhigt hatte, und fragte dann, warum sie denn vorige Woche offensichtlich so große Angst verspürt habe, als er ihr Mattsons Bild aus der Zeitung vorgelegt hatte.

„Ich hatte gedacht, jetzt bin *ich* dran. Die Gangster hätten mich gefunden."

„Welche Gangster?"

„Na, die, die den Michi umgebracht haben. … Das war nämlich Mord. … Das war kein Unfall.“

„Nun mal langsam und von vorn. … Wer hat Dr. Brunner umgebracht?“

Sandra schwieg einen Moment lang und dann erzählte sie von dem Abend, als Brunner sie vom Flughafen abgeholt hatte, wie deprimiert und wütend sie von dem WHO-Symposium zurückgekommen war, wie sie an dem Abend zum Essen ausgehen wollten und wie sie sich dann umentschlossen hätten, weil Michi plötzlich eingefallen war, dass im Stadtsaal ein Ball stattfand. Sie tanzten beide gern und so warfen sie sich in Schale und der Michi hatte es irgendwie verstanden, ohne Karten in die Veranstaltung hinein zu kommen. Wie sie es genossen hatten, sich gedanklich von ihren frustrierenden Forschungen zu lösen, bis dann der Bürgermeister die Bühne betrat und mit ernster Miene alles medizinische Personal darum bat, sich sofort zum Krankenhaus zu begeben, es hätte einen großen Unfall gegeben, und jeder Arzt und jede Krankenschwester würden dort jetzt dringend gebraucht. Die Stimmung im Saal war von einem zum anderen Augenblick völlig umgeschlagen, die Leute saßen oder standen herum und diskutierten darüber, was denn da wohl geschehen war, ob beim *Wacker* – der örtlichen chemischen Industrie und dem größten Arbeitgeber der Region - irgendetwas explodiert wäre. Dann hieß es plötzlich, dass ein großes Feuer ausgebrochen sei und das schien auch plausibel, denn man hatte die Sirenen der österreichischen Feuerwehren gehört, als sie die Salzach überquert hatten. Michi und sie selbst seien dann sehr schnell nach Hause gefahren und vor ihrer Wohnung sei es dann passiert. Hier brach Frau Hartung wieder von Schluchzern geschüttelt ab.

Drews meinte, „Gut, dann machen wir eine kleine Pause." Loni kümmerte sich um die weinende Frau und ein paar Minuten später fluchte die Hartung, immer noch schluchzend: „Scheiße! Dass mich das immer noch so mitnimmt!"

„Ja, was ist denn da passiert vor Ihrer Wohnung?"

Als sie die Straße überqueren wollten, um zu ihrer Haustür zu gelangen, kam wie aus dem Nichts ein Wagen mit hoher Geschwindigkeit auf sie zu, schleuderte sie selbst gegen die Hauswand und erwischte den Michi voll. Sie habe zunächst keine Schmerzen gespürt und auf dem Bürgersteig gelegen, da sei – und sie wisse heute noch nicht, ob sie sich das nur eingebildet habe oder ob das tatsächlich so gewesen sei – da seien dieser Mattson, diese Frau und kurz darauf ein Mann aufgetaucht. Mattson hätte sich kurz über sie gebeugt und gesagt: „Sowas kommt von so was!" Dieser blöde Satz hatte sich ihr tief ins Gedächtnis eingebrannt. Dann habe die Frau so etwas gesagt wie: „Nun kommen Sie schon weg hier, Sie Idiot“, dann seien die drei verschwunden. Sie könne sich noch erinnern, dass plötzlich mehrere Leute um sie herum standen und dass sie dann später im Krankenhaus aufgewacht sei.

Sie machte eine lange Pause und berichtete dann weiter, dass sie sich immer wieder nach dem Michi erkundigt habe, aber man konnte ihr zunächst keine Auskunft geben, denn im Krankenhaus herrschte das absolute Chaos. Erst Tage später, als sie eingegipst auf irgendeinem Gang im Krankenhaus lag, sei jemand von der Polizei gekommen, um sie zu dem Unfallhergang zu befragen. Da sei ihr eröffnet worden, dass ihr Begleiter nicht überlebt habe und dass man den Unfallverursacher nicht habe ermitteln können.

„Ja, haben Sie denn den Beamten nicht auf diesen Mattson hingewiesen?“

„Nein. Ich hatte andere Sorgen. Man hatte mir im Krankenhaus nämlich auch noch erklärt, dass ich im dritten Monat schwanger sei. Da denkt man an andere Dinge, vor allem, dass das Kind ohne Vater aufwachsen würde, und ob es bei dem Unfall nicht vielleicht doch etwas abbekommen hatte… Aber natürlich habe ich, als ich da im Bett lag, mir auch immer wieder Gedanken darüber gemacht, ob ich den Mattson und die beiden anderen wirklich gesehen hatte, oder ob ich da einfach nur gesponnen habe.

Mir schien das alles zu unwirklich gewesen zu sein. Warum hätte er sich der Gefahr aussetzen sollen, da neben mir hockend, erkannt oder erwischt zu werden? ... Es kam mir alles eher wie ein Traum vor, deshalb habe ich nichts gesagt.“

„Und der andere Mann und die Frau, die Sie da zu sehen geglaubt haben, kannten Sie *die*?“

Zögernd meinte Frau Dr. Hartung: „Ich bilde mir ein, dass das die Frau war, die mir direkt oder indirekt zu dem Job bei der GX-Tec verholfen hat. Aber ich muss betonen, dass ich mir bis heute nicht sicher bin.

„Können Sie uns den Namen dieser Frau nennen?“

„Ich glaube, ich habe ihren Nachnamen nie gewusst. Ich habe mir die ganzen letzten Tage den Kopf zerbrochen. Komisch, dass ich erst jetzt darüber nachgedacht habe, aber soweit ich mich erinnere, hat sie mir nur einen Vornamen genannt. Sie nannte sich ‚Rita’. Ich hatte einmal eine e-mail-Adresse von ihr, aber den PC gibt es schon lange nicht mehr ... Ich hatte schon vor dem Unfall das Gefühl, dass sie mir den Job damals nur vermittelt hatte, um herauszubekommen, wie weit wir bei der GX-Tec mit unseren Nachforschungen kommen würden. Ich habe das damals nie jemandem erzählt, auch Michi nicht. Ich wollte nicht in den Verdacht kommen, dass ich irgendetwas mit den Machenschaften von

214

Mattson und Konsorten zu tun hätte … Sie hatte mich nämlich einmal beim Einkaufen abgefangen - „so ganz zufällig“, wie sie sagte - und mich dann um ein Treffen gebeten. Sie hatte ein Café in Mühldorf vorgeschlagen und ich bin auch hingefahren. Es stellte sich heraus, dass mein Gefühl mich nicht getäuscht hatte: Sie hatte versucht, mich auszuquetschen. … Aber ich habe nichts herausgelassen. Und als wir uns verabschiedet haben, schien sie einigermaßen enttäuscht und hat mir sogar indirekt gedroht.“

„Womit gedroht?“

„Genau weiß ich das nicht mehr … mehr so allgemein …von wegen Dankbarkeit und so, und dass sie durchaus ihren Einfluss spielen lassen könnte … so allgemein halt. Ich habe das damals als Drohung aufgefasst.“

„Und? Haben Sie nochmal von ihr gehört?“

„Nein. Wie gesagt: Bei dem Unfall, …“, sie schluchzte wieder auf: „Bei diesem Mordanschlag glaube ich, sie gesehen zu haben, wie sie den Mattson wegzog.“

Plötzlich meldete sich Loni aus dem Hintergrund: „Können Sie uns *sonst* noch irgendetwas über diese Rita sagen?“

„Ich kannte sie doch kaum, mir fällt da nichts mehr ein.“

„Wie sah sie aus, wie groß war sie, wie alt war sie, wann genau haben Sie sie in Mühldorf getroffen, für wen hat sie gearbeitet? … Irgendetwas muss Ihnen da doch noch einfallen."

„War sie zum Beispiel Deutsche oder Ausländerin?", fiel Drews ein, der ahnte, worauf Loni hinaus wollte.

Neuerlich von Schluchzern unterbrochen, dachte Frau Hartung nach:

„Sie sprach deutsch wie Sie und ich", meinte sie dann und beruhigte sich langsam wieder. „Sie war vielleicht ein wenig größer als ich und sehr gepflegt. Und, ja, ich glaube, sie war ein wenig älter als ich. Wann ich sie in Mühldorf getroffen habe? Das war kurz bevor dieser verdammte Artikel über unsere Arbeit bei GX-Tec in den Zeitschriften erschienen ist.   Und, ja, als ich sie zum ersten Mal gesehen habe, als sie mir den Vorschlag gemacht hatte, mich bei GX-Tec zu bewerben, da schien sie irgendetwas mit den Veranstaltern zu tun gehabt zu haben … sie hat viele der Anwesenden begrüßt und war auch einmal am Podium … Mehr weiß ich wirklich nicht."

„Und wann und wo war diese Veranstaltung?"

„Ungefähr einen Monat bevor ich bei der GX-Tec angefangen habe, auf einer Tagung über . Das muss so Ende September 1999 gewesen sein. In Düsseldorf."

„Ok. … Ich denke, wenn Ihnen nichts mehr einfällt … dann dürfen Sie jetzt erst einmal wieder zu Ihren Tomaten zurück. Meine Kollegin hier hat eifrig mitgeschrieben und wird daraus ein Protokoll anfertigen. Das müssten Sie dann in den nächsten Tagen noch unterschreiben. Wir haben Ihre Adresse. Vielleicht geben Sie der Kollegin noch Ihre Telefonnummer… Vielen Dank für Ihre Hilfe." Frau Dr. Hartung war somit entlassen und wurde von Loni hinausbegleitet.

* * *

Ein paar Tage später fand Hauptkommissar Werner Drews auf seinem Schreibtisch das Hartung-Protokoll und den Abschlussbericht der Spurensicherung zum Fall des Skeletts vor. Er ging alles noch einmal durch und blieb an einer Bemerkung der Spusi hängen: Neben verschiedensten Analysen zu den vermoderten Stoffresten, deren Farbe und Zusammensetzung akribisch aufgelistet waren, fand sich in dem Bericht der Hinweis auf einen zu dem Rest des untersuchten Materials nicht passen wollenden Plastik-Reissverschluss. Die Spusi hatte vermerkt, dass es sich dabei vermutlich um den Verschluss eines ehemals orangefarbigen Overalls handelte, in den der Tote offenbar gekleidet war. Dieser Overall jedoch – und dies ließ Drews aufmerken –

passte in der errechneten Größe weder zu dem aufgefundenen, viel kleineren Skelett noch zu den übrigen Kleidungsresten, sondern hätte eher zu einem wesentlich größeren und schlankeren Träger.

„Der Feuerwehrmann!", dachte Werner, „der, den die Hartung gesehen zu haben glaubte, als sie nach dem Unfall oder Anschlag auf dem Bürgersteig lag", und er las noch einmal die Stelle im Protokoll durch, wo die Hartung ausgesagt hatte: *Den anderen Mann kannte ich nicht. Ich glaube, der war sehr groß und hatte so einen roten – oder orangenen – Overall an und ich dachte, der gehört zur Feuerwehr oder so".

Was bedeutete dies für seine Ermittlungen? Als der Tote im Wald verscharrt worden war, wurde zumindest der orangene Overall mit ihm beerdigt. Das hieß entweder, dass der Träger dieses Kleidungsstücks an der Entsorgung der Leiche beteiligt gewesen war und sich aus irgendwelchen Gründen des Overalls entledigt hatte, um ihn Mattson überzuziehen – vielleicht um Spuren zu verwischen – oder, dass jemand anderer – diese Rita vielleicht – das Ding aus irgendeinem Grund dort mit entsorgt hatte. Aber warum? Am plausibelsten erschien ihm der Gedanke, dass die drei, Mattson, Rita und der ‚Feuerwehrmann' zusammengehört und sich aus irgendeinem Grund Mattsons entledigt hatten. Hatte Mattson zu viel gewusst? Hatten die drei sich wegen irgendetwas gestritten? Oder war Mattson auf natürliche Weise verstorben, an einem Infarkt zum Beispiel, und man wollte keine Schwierigkeiten mit seiner Leiche bekommen? Letzteres glaubte Drews nicht. Man hätte den Mann in so einem Fall schließlich in ein Krankenhaus oder zu einem Arzt bringen können. „Es sei denn“, so dachte er weiter, „man hatte etwas zu verbergen“. Das Feuer fiel ihm ein. Die medizinische Versorgung war in jener Nacht, nach allem, was er bisher darüber wusste, weitgehend überfordert gewesen. Egal, was damals vorgefallen war, Spekulationen halfen nur wenig. Er rief Loni zu sich und beauftragte sie, diese Rita aufzuspüren. Sie hatten einen Anhaltspunkt: Die Tagung zu dem Thema … er schaute wieder im Protokoll nach… *Bioresonatoren und technische Strahlung …* Tagungsort war nach Hartungs Aussage *Düsseldorf* etwa im Jahr 1998 gewesen. „Setz hier mal an, Loni. Irgendwas musst du da doch finden können. Vielleicht gibt es sogar noch eine Teilnehmerliste beim Veranstalter. … Der Vorname Rita ist nicht allzu häufig…“

Im Bericht der Spusi war noch die Rede von den wenigen Dingen, die in der engen Umgebung des Skeletts gefunden worden waren, darunter eine offene, kleine, silberne Puderdose ohne Gravuren sowie ein paar DM-Münzen. Es waren keinerlei Fingerabdrücke festgestellt worden, was auf eine längere Liegezeit schließen ließ. „Mist“, dachte Drews, „das wäre doch etwas gewesen. Fressen einem der Regen und irgendwelche blöden Bakterien doch glatt die Spuren weg.“ Also hieß es wieder warten, bis Loni vielleicht etwas herausbrachte.

* * *

„Wir sehen Euch!“, mehr stand nicht auf dem Blatt. Keine Unterschrift. Kein Absender auf dem Umschlag. Zunächst verständnislos drehte sie diese lakonische Nachricht hin und her, wollte sie schon in den Papierkorb werfen, als ihr plötzlich ein Schauder über den Rücken lief … Sie musste sich hinsetzen. Die blöde Bemerkung Mattsons „Sowas kommt von sowas“ kam ihr in den Sinn und damit der ganze Alptraum jener Ereignisse vor so vielen Jahren, den sie neulich bei der Burghauser Polizei wieder durchlebt hatte … Hörte das denn nie auf? Was wollten sie von ihr? Hätte sie nichts aussagen sollen bei dem Kommissar? Sie hatte doch seit der Michi tot war und die GX-Tec nicht mehr existierte mit dieser ganzen Grenzwertscheiße nichts mehr zu tun gehabt. Und was sollte das ‚Euch‘ in dieser vermaledeiten Nachricht? „Mein Sohn, der Andi“, dachte sie entsetzt, sprang auf und lief hinaus. Er-

leichtert sah sie ihn im Gurkenfeld arbeiten. „Blöd-
sinn", dachte sie nur mäßig beruhigt, „Da will uns
irgendjemand verarschen." Aber kaum war sie zurück im Büro, da überfiel sie wieder die Angst.
„Wenn das doch wieder die alte Mafia von damals
war … gegen *die* war sie hilflos!" Kurz entschlossen sprang sie auf, rief den Andi herein und erklärte
ihm aufgeregt: „ Los! Zieh dich sofort um. Wir müssen weg." Andis Einwände und Fragen wischte sie
mit einem „Das erklär' ich dir später" weg und zog
ihn mit sich. Keine zehn Minuten später war sie
umgezogen, packte den zögerlichen Sohn, holte den
Drohbrief und alles Bargeld, das sie im Hause hatte,
rief den zwei Helfern im Feld zu, „Wir sind ein paar
Tage fort!", und Mutter mit Sohn sprangen ins Auto
und fuhren los.

„Wohin fahren wir denn", wollte Andi wissen,
aber zunächst schwieg sie und hielt immer wieder
nervös im Rückspiegel Ausschau nach etwaigen
Verfolgern.

„Sag mal, Mama, du spinnst, oder? Was ist
denn los?"

„Warts ab … versteh, doch … ich kann jetzt
nicht … in Burghausen erfährst du alles."

Sie hielt den Wagen erst auf dem Abstellplatz
hinter dem Dienstgebäude der Burghauser Polizei an
und sackte für einen Moment entnervt in ihrem Sitz

zusammen. Als Andi sich wieder beunruhigt mit seinen verständnislosen Fragen meldete, richtete sie sich auf und sagte nur: „Komm einfach mit.“

Sandra hatte Glück, dass Loni sich gerade in der Schleuse befand.

„Frau Dr. Hartung, was ist denn los? Ist etwas passiert?“

Wortlos hielt Sandra ihr den Drohbrief hin. Loni warf nur einen kurzen Blick auf das Pamphlet und brachte Mutter und Sohn hinauf zu Werner Drews. Dieser schaute sich das Schreiben an.

„Sie haben keine Ahnung, wo das her kommt?“

„Ich weiß es nicht, aber ich habe Angst, dass das irgendetwas mit der Mattson-Geschichte zu tun hat … Schließlich haben die ihr Werk damals ja nicht vollendet … Immerhin habe *ich* ja überlebt … und vielleicht sehen die in mir ja immer noch eine Art Bedrohung.“

„Glauben Sie das wirklich? Sie arbeiten doch schon ewig nicht mehr auf dem Gebiet.“

„Kann mir endlich mal jemand sagen, was überhaupt los ist?“, platzte Andi heraus.

„Haben Sie Ihrem Sohn nichts erzählt?“

Ein schluchzendes „Nein“ war die Antwort.

„Dann kommen Sie mal mit.“ Drews brachte Mutter und Sohn in einen Verhörraum. „So, jetzt erzählen Sie Ihrem Sohn die ganze Geschichte … aber wirklich alles. Ich hole Sie in einer Stunde hier wieder ab, in Ordnung?"

Zurück in seinem Dienstzimmer bat er die wartende Loni, den Mattes herbei zu zitieren, holte sich die inzwischen recht umfangreiche Akte zum Skelett-Fall und begann, alles noch einmal zu überdenken. Als Loni mit Mattes wieder bei Drews erschienen, wurde der junge Kollege über die neueste Entwicklung ins Bild gesetzt und dann saßen sich die drei zunächst einmal stumm gegenüber. Schließlich fragte Mattes: „Glaubt ihr, dass dieser Drohbrief – jetzt, nach mehr als 15 Jahren – tatsächlich etwas mit den damaligen Vorkommnissen zu tun hat?"

„Verdammt, Mattes, wir wissen es nicht. Es scheint nicht sehr wahrscheinlich, aber wenn die Befürchtungen Frau Hartungs zutreffen – und wir können das nicht ausschließen - dann sind sowohl Mutter als auch der Sohn in höchster Gefahr."

„Warum denn auch der Sohn?"

„Na, der wäre doch ein Druckmittel erster Wahl, um der Mutter den Mund zu stopfen."

„Aber, inwieweit könnte eine Tomatenzüchterin noch irgendjemandem gefährlich werden?"

Sie fassten noch einmal alles zusammen, was sie bis dahin über die ganze Angelegenheit wussten: Ein Mitglied des Bundestages, der Huber, wird von einem Lobbyisten, dem Mattson, bedrängt, dem Vorhaben einer offenbar mächtigen Organisation, diesem Dachverband, zuzustimmen. Der Politiker weigert sich, dem Anliegen des Lobbyisten nachzukommen, daraufhin startet letzterer einen massiven Bestechungsversuch, der jedoch scheitert. Der Politiker, hellhörig geworden, lässt nun die seiner Meinung nach unrichtigen Vorlagen, die schon Jahre zuvor zur Verabschiedung eines Gesetzes geführt hatten, von einem externen Institut, Geissens GX-Tec, überprüfen. Der Lobbyist wittert hier eine Gefahr für seinen Auftrag und setzt das Institut und die betreffenden Mitarbeiter unter Druck. Das Institut wird ruiniert und muss schließen. Auf die in die gegen den Lobbyisten und den hinter ihm stehenden Dachverband gerichteten Recherchen verwickelten Wissenschaftler, Brunner und Hartung, wird – nach Aussage der überlebenden Hartung - ein Anschlag verübt, bei dem Brunner ums Leben kommt. Auf ungeklärte Weise stirbt – offenbar zur gleichen Zeit - der Lobbyist, Mattson, und wird im Wald verscharrt. Es vergehen etwa fünfzehn Jahre. Während dieser Zeit gibt der Politiker, Huber, sein Bundestagsmandat auf und geht wieder in die Kommunalpolitik zurück. Die Wissenschaftlerin Hartung zieht sich aus dem Wissenschaftsbetrieb zurück und bekommt einen Sohn. Sie lebt fortan von einem Gemüsebetrieb. Durch das Auffinden der Überreste des Lobbyisten kommt sie, die Hartung, wie auch ihr ehemaliger

Chef, Geissen, und der frühere Bundespolitiker, Huber, in Kontakt mit der Polizei und ihren Ermittlungen. Alle drei sagen umfänglich zu den lange zurückliegenden Ereignissen aus. Kurz nach ihrem Besuch bei der Polizei erhält Frau Hartung einen Brief, der für sie bedrohlich klingt und den sie mit den früheren Ereignissen und ihrer Arbeit bei der GX-Tec in Verbindung bringt.

„Soweit die Fakten, die wir auf dem Tisch haben. Mattes, bitte, kontaktiere den Huber und den Geissen und frag nach, ob die auch so einen Drohbrief erhalten haben."

„Aber, die hätten sich doch dann sicher auch bei uns gemeldet."

„Vielleicht, vielleicht auch nicht. Bitte, geh und frag nach. Und, bitte, bring dieses Geschmier zur technischen Untersuchung. Ich verspreche mir zwar nicht viel davon, aber vielleicht gibt es Fingerabdrücke oder Speichelreste, oder einen Hinweis, welches Postamt …"

„Schon klar.", und damit verschwand er.

Während Mattes versuchte, seinen Auftrag zu erfüllen, berieten Loni und Werner weiter.

„Was ist, wenn die beiden anderen nichts bekommen haben?"

„Tscha, dann …", und sie gingen mehrere Möglichkeiten durch:

Wenn nur die Hartung einen solchen Brief erhalten hatte und der tatsächlich mit den alten Zeiten in Verbindung stand, dann musste sie etwas wissen oder gesehen haben, das irgendeinem der damaligen Protagonisten gefährlich werden konnte. Hartungs und Brunners Recherchen von damals fielen eigentlich aus, denn der Zug mit den Grenzwerten und Frequenzen war wohl inzwischen abgefahren. Wer also konnte nun noch ein Interesse daran haben, dass die Hartung den Mund hielt? Geissen? Wohl nicht. Schließlich hatte dieser die Polizei ja selbst auf die ehemalige Mitarbeiterin und ihren jetzigen Aufenthaltsort hingewiesen. Huber? Ziemlich ausgeschlossen, denn was konnte sie von ihm schon wissen? Und soweit man das bis jetzt sagen konnte, hatten die beiden wohl nie persönlich miteinander Kontakt gehabt. Wer war noch übrig? Diese Dame Rita? Dieser ‚Feuerwehrmann'?

„Loni, du musst unbedingt diese Rita ausfindig machen."

„Ja, ich bin ja schon dran, aber das gestaltet sich schwierig. Wahrscheinlich muss da einer von uns selber nach Düsseldorf fahren und die Archive durchstöbern. Im Internet habe ich bisher auch nichts gefunden. Zehn Millionen Ritas! Und bei Verknüpfung mit ‚technischer Strahlung', ‚Handyfunk', digitaler Elektronik' und ähnlichem stand auch nichts Vernünftiges drin. Von dieser Tagung -

oder diesem Symposium - konnte ich nur das genaue Datum und die Räumlichkeiten erfahren, wo das stattgefunden hat. Den Veranstalter habe ich auch, aber an den komme ich nicht ran. Der scheint schon seit Jahren nicht mehr aktiv zu sein."

Mattes kam zurück mit der Nachricht, dass weder Huber noch Geissen irgendeinen Drohbrief erhalten hätten

„Übrigens…", meinte Mattes, „was ist, wenn die Hartung diesen Drohbrief selber geschrieben hat?"

Drews überlegte kurz: „Unsinn, was hätte sie davon? Und ihr Sohn kommt ja wohl auch nicht in Frage… Herrschaftszeiten, ich muss die beiden ja aus dem Verhörraum holen. Hatte ich völlig vergessen."

Er fand die Mutter völlig verheult am Tisch sitzend und der Sohn hatte von hinten tröstend die Arme um sie geschlungen. Als sie sich erhob, meinte sie schluchzend:

„Entschuldigung, Herr Kommissar. Früher war ich nicht so … aber seit der Attacke damals bin ich sehr dünnhäutig geworden, und jetzt ist das alles wieder so nah…"

„Ist doch verständlich, Frau Dr. Hartung. Aber beruhigen Sie sich, wir werden schon dafür sorgen, dass Ihnen und Ihrem Sohn nichts passiert.

Haben Sie überhaupt schon gefrühstückt? Sie werden sehen, nach einer Tasse Kaffee sieht alles wieder besser aus."

Loni besorgte für alle genügend belegte Semmeln, Kaffee und eine Cola für Andi und als sie sich alle rund um Werners Schreibtisch herum platziert den Magen füllten, fragte Andi eher schüchtern, wie das alles denn jetzt weiterginge.

„Gute Frage. Ich glaube, ich muss jetzt erst einmal mit dem Chef reden."

Der Chef war zunächst ziemlich ungehalten darüber, dass da so einiges im Hintergrund und ohne sein Wissen abgelaufen war. Man diskutierte die Situation hin und her und er brachte ein eventuelles Zeugenschutzprogramm oder eine so genannte ‚sichere Wohnung' ins Spiel. Werner jedoch meinte, dann müsse man ja wohl mit dem Bundeskriminalamt, beziehungsweise mit den österreichischen Behörden zusammenarbeiten und er wollte vermeiden, dass eventuell diese vorlaute Kollegin vom BKA, diese Mai Ling, hier wieder ihre Stubsnase in alles hineinstecken würde. Er glaube auch nicht, dass dieser dürftige Drohbrief und die vielleicht völlig falsche Vermutung der Frau Dr.Hartung, dass es da einen Zusammenhang mit der Mattson-Leiche gäbe, für ein Zeugenschutzprogramm ausreichen würde. Außerdem wäre er selbst dann aus dem Fall raus, wo das jetzt doch erst richtig interessant zu werden schien. Er hätte da ein paar Freunde, die könnten sich durchaus um die Sicherheit der Hartungs kümmern.

„Ja, ich weiß schon. Dein verdammter Legionär, dieser Willi, kommt jetzt wieder ins Spiel, oder?“

„Ha, Chef, da bringst du mich ja direkt auf eine gute Idee. Aber denk dran, das hast *du* jetzt vorgeschlagen.“

„Vorgeschlagen habe ich gar nichts, klar? Und wenn da was schief geht, geht das auf deine Kappe, ist das auch klar?“

„Klar ist das klar. Ich habe also grünes Licht?“

„Tu, was du nicht lassen kannst, aber ich weiß von nichts, ok?“

Im durch Erfahrung gerechtfertigten Vertrauen darauf, dass der Chef ihn im Ernstfall nicht im Stich lassen würde, begab sich Drews wieder in sein Büro, wo ihn die anderen ratlos schweigend erwarteten.

Mattes grinste verständnisinnig und Loni bekam leuchtende Augen, als Werner ohne weitere Erklärungen den Willi anrief.

„Hallo, Willi. Wo bist du denn gerade?“

„Na, wo schon? In Auerbachs Keller natürlich!“

„Oh, höre ich da so etwas wie ‚Bildung' heraus? Dann grüß mal das Reserl schön. Bist du noch fahrtüchtig?

„Immer. Wohin soll ich kommen ?

„Hauptquartier. Aber, bitte, stell dein Auto möglichst nah am Hintereingang ab."

„Das ist eine gute Idee, Werner", meinte Mattes und griff nach der letzten Semmel.

„Bei *dem* sind Sie in sicheren Händen, Frau Dr.Hartung."

„Das klang aber gar nicht so Vertrauen erweckend. Trinkt der schon am frühen Morgen?", fragte Sandra zweifelnd.

„Keine Angst. Mit *a poa Hoibe* läuft der Willi erst zur Höchstform auf", freute sich Loni.

Kurze Zeit später erschien Willi in der Dienststelle. Er wurde Frau Dr. Hartung als ehemaliger Leutnant der Fremdenlegion vorgestellt, der der Polizei mit seinen sowohl kriminalistischen wie auch leicht kriminellen Fähigkeiten schon des Öfteren wertvolle Dienste geleistet habe. Der Willi rieb sich freudig die Hände. Schließlich neigte er nicht nur zu Wein und Würfelspiel, sondern auch zu den Weibern, solange diese nicht allzu ‚greisli' daherkamen. „Endlich mal wieder was zu tun", freute er sich, und nach einigen Absprachen machten sich Mutter und Sohn mit Willi - im eigenen Wagen stets hinter ihnen - auf den Weg zurück ins *felix Austria.* Drews informierte noch einen befreundeten Kollegen auf der anderen Seite der Salzach, dass es vielleicht angebracht sei, das Umfeld der Tomatenplantage ein wenig genauer, aber möglichst unauffällig im Auge zu haben, dann wandte er sich an Loni mit den Worten:

„Diese Rita! Los Loni, … ich gebe dir noch vierundzwanzig Stunden. Wenn du bis dahin nichts Greifbares hast, muss einer von uns rauf in die preußischen Gefilde.

„Na, *ich* auf keinen Fall.", warf Mattes ein und auf den fragenden Blick Werners hin, meinte er nur: „Du weißt doch, … die Ingi."

Werner hatte schon bemerkt, dass der Mattes, wann immer es ihm seine Dienstzeit ermöglichte, um Ingi herumscharwänzelte und ihr – völlig unmännlich, wie Werner fand – jeden Wunsch von den Augen ablas.

„Hör mal zu!", räusperte sich Werner, „erstens ist die Ingi nicht *krank* und zweitens wäre es vielleicht angebracht, euer Verhältnis endlich zu legalisieren, oder wie siehst du das?"

Werner hatte, auch wenn es ihm schwer fiel, bisher kein Wort mit seiner Tochter über ihre, von der Oma erahnte Schwangerschaft verloren. Vater und Tochter schlichen wie zwei Katzen um den Brei herum, Ingi wich seinen Blicken aus und zog sich immer öfter, wenn sie denn schon einmal zu Hause war, in ihr Zimmer zurück, zumeist mit Mattes im Schlepptau. Zweimal hatte es zwischen den beiden lautstark gekracht, aber obwohl Werner versucht hatte zu lauschen, worum es bei den Auseinandersetzungen eigentlich ging, hatte er nichts wirklich verstanden und sich nichts anmerken lassen, wenn die beiden schließlich wieder zum Kaffee oder zum Abendbrot mit ihm in der Küche zusammentrafen.

„Da musst du deine Tochter fragen", schnappte Mattes zurück und verließ mit pessimistischen Mundwinkeln Drews Büro.

* * *

Auf dem Heimweg nahm sich Werner vor, mit seiner Tochter endlich einmal ernsthaft zu reden. Sie kam viel später als er selbst aus ihrer Firma heim, ging an den Kühlschrank, packte sich einen Teller voll und wollte direkt hinauf in ihr Zimmer verschwinden, da gab sich der Hauptkommissar einen Ruck.

„Sag mal, Deandl, hast du mir nichts zu sagen?"

Ingi blieb stehen, schaute einen Moment lang gegen die Tür, drehte sich dann langsam um und schaute dem Vater starr in die Augen:

„Ja, verdammt, ich bin schwanger. Sonst noch was?"

„Aber, Ingi, sei doch nicht so aggressiv. … Geh her, setz dich ein wenig zu mir. Warum weichst du mir denn immer aus?. Ich freu mich doch", und er rückte ihr einen Stuhl zurecht. Zögernd stellte Ingi ihren Teller auf den Tisch, ignorierte den Stuhl, setzte sich dem Vater auf den Schoss, legte die Arme um ihn und ihre Stirn auf seine Schulter.

„Entschuldige, Papa", und dann fing sie an zu heulen.

„Aber, Kind, was ist denn los? Ist das denn so schlimm? Ist ja schon gut…", einerseits tätschelte er ihr etwas unbeholfen den Rücken und genoss andrerseits die Situation. Wie lange hatte er seine Tochter schon nicht mehr im Arm gehabt?!

„Nix is gut., schluchzte sie und nach einer Pause, „Ich weiß nicht, wie ich damit umgehen soll. …". Mit einem Ruck hob sie den Kopf. „Die Firma … und der Mattes … und überhaupt …"

„Was ist denn mit dem Mattes? Der bemüht sich doch ganz irrsinnig."

„Ja, irrsinnig, das stimmt. Der spinnt, der geht mir so was von auf den Geist…"

"Ja, wieso denn? Du kannst dir doch nichts Besseres wünschen."

„Oh, Gott. Der behandelt mich wie eine Schwerbeschädigte. … Immer ist er da und will mir was abnehmen. Der würde mir noch die Zahnbürste halten. ‚Sei vorsichtig, trag lieber nichts', sagt er dauernd. Das Kind … der spinnt nur noch von dem Kind. Der passt immer auf, was ich esse, will immerzu irgendwas helfen und steht mir dauernd auf den Füßen rum. Ich halte ihn nicht mehr aus…. Neulich haben wir uns fast geprügelt, weil er mir unbedingt die Schuhe anziehen wollte. … ‚Das Kind’ … ‚Du zerquetschst das Kind’ … ‚Du sollst dich nicht bücken’ … So geht das dauernd. Ich kann nicht mehr!“ Weinend drückte sie ihr Gesicht wieder an Werners schon reichlich nassen Hals. Er fühlte sich ziemlich hilflos und konnte nur begütigend auf sie einreden: „Aber Ingi, der meint es doch nur gut. Könnt ihr denn nicht mal in Ruhe …“, und so ging es weiter, bis die junge Frau aufsprang. „Verdammt, Papa, ich benehme mich hier wie ein Baby. … Scheiße! … Der wird gleich wieder hier antanzen. … Kann ich mich in dein Schlafzimmer verkrümeln und du wimmelst ihn ab? Sag ihm, ich sei noch einmal weg zu einem Kundengespräch, ja?“

Und so rannte der Mattes an jenem Abend ins Leere, nicht ohne verbittert auszustoßen: „Was hat sie nur plötzlich gegen mich? Ich glaube Dir kein Wort.“

* * *

Es dauerte ein paar Tage, bis Loni, die in Sachen ‚Rita’ im Internet erfolglos geblieben war, und

234

nachdem Werner – trotz Bedenken – seinen Chef detailliert über alle seine bisherigen Ermittlungen und Maßnahmen hinsichtlich Mattson in Kenntnis gesetzt hatte, eine Dienstreise nach Düsseldorf antreten durfte. Eigentlich wäre sie gerne mit dem PKW in den preußischen Norden gefahren, aber die Reisekostenstelle ge- stattete nur die Bundesbahn (2. Klasse ohne eventuellen Liegewagen). Also begnügte sie sich und empfand den regionalen Bummelzug bis München als völlig überflüssige Schikane, dann kam noch der völlig sinnlose Spurt am Holzfelder Bahnhof zum angeblich sofort abfahrenden Schnellzug nach Köln. Dieser stand auf dem vorgesehenen Bahnsteig überhaupt noch nicht bereit, lief erst zwanzig Minuten später ein, und als Loni schließlich in den ihr von der Platzkarte zugewiesenen Sitz fallen wollte, musste sie erst einmal irgendeiner nahöstlichen Familie klarmachen, dass man sich im Zug nicht einfach irgendwo hinsetzen konnte. In Deutschland gibt es schließlich *Regeln* und *das,* wiederum, versteht man unter *Leitkultur,* verdammt noch mal! Als dann langsam aber sicher immer mehr Fahrgäste mit Platzkarten die armen Neumitbürger immer weiter vertrieben, taten sie Loni schon fast ein wenig leid. „Ich hab so gar nichts von einem Gutmenschen an mir", dachte sie kopfschüttelnd. Dabei hielten alle, die Chantal Peterbauer_kannten, - die in grauer Vorzeit von einem ehemaligen, alles Nicht-bajuwarische als völlig entartet betrachtenden Vorgesetzten zum Dienstnamen Loni verdonnert worden war - für einen netten, hilfsbereiten Menschen und man betrachtete sie allgemein als eine sehr freundliche Polizistin.

Im Kölner Hauptbahnhof angekommen, hätte sie nun nach Düsseldorf umsteigen müssen, aber es war erst Nachmittag und sie entschied sich ganz spontan zu einem kurzen Zwischenstopp. Gegenüber ihrer Reisekostenstelle konnte sie diese Verzögerung durchaus mit einem Besuch in der Bibliothek der Albertus-Magnus-Universitätsbibliothek begründen, die ja ganz besonders für ihre juristischen und wirtschaftswissenschaftlichen Fakultäten bekannt war. Auf dem Bahnhofsvorplatz blieb sie stehen und schaute sich um. Befremdlich imposant überragte der Kölner Dom mit seiner enormen Höhe alles Andere und wirkte vor dem grauen, wolkenverhangenen Himmel eher bedrohlich für die urbayrische Loni, die eigentlich nur mit kupfern glänzenden Zwiebeltürmen (in der Erinnerung immer vor strahlend blauem Himmel) aufgewachsen war. Viel wichtiger schien ihr zunächst diese vermaledeite Stelle, wo vor über einem Jahr eine Masse testosterongesteuerter Nordafrikaner über hundert junge Frauen belästigt und zum Teil sogar vergewaltigt hatten. Dem Burghauser Kleinstadtgewächs – obwohl als Ordnungshüterin durchaus einiges gewöhnt

– lief es kalt den Rücken herunter. Sie stellte sich vor, sie wäre in jener Silvesternacht selbst dort im Einsatz gewesen … Irgendwie kam ihrem beleidigten Geschlecht nur ihre Pistole in den Sinn. ‚*O tempora, o mores*', dachte ihre humanistische Bildung und wandte sich wieder dem Dom selbst zu. „A weng a Buidung ko net schod'n.“, dachte sie und zog ihren Mini-Trolley die wenigen breiten Stufen hinauf zum Portal des Doms hinter sich her. Ein Mann in Zivil hielt sie auf. „Dat Köfferschen können Se aber nit mit reinnehmen, junge Frau.“

„Do hob i oba koa Bombm net drin.“

“Dat weiß ma nie. Bitteschön, isch müsste dat durschsuchen und Se können sisch dat nacher hier wieder afholen.“

Loni zückte ihren Dienstausweis und meinte: „Schauns her, mir san doch praktisch Kollegen.“

„Wissense, Fräuken, wat hückzetach allet jefälsch wäd? ... Enä, jetz jeben se schon hä,… dat kütt do in der Safe un Se kriejen der Schlüssel und nachher holle Sen wieda ab.“

„Okay, Ihr machts ja a nur Euern Job“, damit verschwand sie im Dom und betrat so etwas wie eine riesige, finstere Höhle mit nur wenigen gedämpften Lampen über dem Mittelgang, in der ‚Ferne' ein beleuchteter Altar und rechts gaben die hohen Fenster vor grauem Himmel nur ein ebenso graues Licht, in dem sich verschiedene Farben nur erahnen ließen.

Als dann noch halbschräg hinter ihr eine laute Stimme erschall: „Opfer für den Dom", drehte Loni um, holte sich ihren Trolley wieder und verschwand auf der Suche nach einem öffentlichen Verkehrsmittel. Der Bombenwärter rief ihr noch hinterher: „Waa woll nix?", aber Loni reagierte nicht. Sie war enttäuscht, erfragte eine Verbindung zur Universität, fand alles zu kompliziert und leistete sich ein Taxi. Der Taxifahrer redete pausenlos in rheinischer Mundart auf sie ein und sie verstand nur ‚Bahnhof'. Schließlich landete sie direkt vor dem Haupteingang der Lehranstalt und stand auf dem Vorplatz vor der etwas dümmlich dreinschauenden Statue von Albertus Magnus, von dem sie noch nie etwas gehört hatte.

Obwohl es langsam Abend wurde, herrschte noch reger Betrieb im Universitätsgebäude und Loni fragte sich durch zur Zentralbibliothek. Einer der vielen Studenten - älteren Semesters – nahm Witterung auf und ging ihr in rheinischer Kontaktfreudigkeit bei den Katalogen zur Hand. Die beiden standen sehr nah beieinander – *‚allzu nah'*, wie Loni dachte, als sie plötzlich spürte, wie ihre ihm zugewandte Seite plötzlich sehr heiß wurde. *‚Sapramunt! Der Hundling macht mich an!'*, und zögernd versuchte sie, ein wenig von ihm abzurücken. Nicht, dass das etwas brachte, denn der *Hundling* rückte, eifrig im Schlagwortkatalog blätternd, zielstrebig nach und schaute ihr zwischendurch immer wieder ernsthaft lächelnd in die Augen. Loni spürte, wie sie rot wurde und das Feuer sich vom Ohr bis zur Hüfte vertiefte. Wann hatte sie dieses beunruhigende, aber doch so wohltuende Gefühl zum letzten Mal verspürt? Das war ewig her. Sie musste grinsen, als ihr der Gedanke durch den Kopf schoss, dass, wenn er an ihrer anderen Seite stünde, wahrscheinlich die Patronen in ihrem Schulterholster explodieren würden. Sie drückte ihren linken Arm an den Körper und dann entfuhr ihr: „Ach du Scheiße!" Der Student, der ihr während ihrer ‚Hitzewallung' immer sympathischer geworden war, missinterpretierte ihre Äußerung, presste sich gegen sie, schaute sie wieder ernst an und meinte: „Spürst du es auch?"

„Was … was soll ich spüren?", stotterte sie verwirrt. Gerade hatte sie ihre Dienstwaffe unter der Achsel verspürt und war sich der Tatsache bewusst geworden, dass sie am Morgen die Pistole völlig gewohnheitsmäßig und ohne nachzudenken angelegt hatte, aber in Nordrhein-Westfalen kein Recht hatte, eine Waffe zu tragen.

„Ach komm, du spürst es auch."

„Geh weiter! Schau lieber in den Katalog", wehrte sie ab und stierte selbst angelegentlich in den Karteikasten.

Dicht beieinander stehend fanden sie schließlich einen Hinweis auf das von Loni gesuchte Symposium in einer Wirtschafts-Fachzeitschrift mit der Anschrift des Veranstaltungsortes, der, allerdings, war Loni schon bekannt: Planetarium in Düsseldorf. Wie und wo aber konnte man an so etwas wie eine Teilnehmerliste herankommen? „Da sehe ich schwarz.", meinte der inzwischen sehr nette Student, „Aber vielleicht gibt es bei den Wirtschaftlern jemanden, der uns weiterhelfen kann."

,Hallo', dachte Loni, ,der hat *uns* gesagt. …Na gut, warum nicht …', grinste sie in sich hinein. „Das wäre sehr nett, wenn Sie …"

"Aber natürlich, ich helfe dir doch gern. *,jetzt duzte er sie schon'* „Aber, sag mal, wofür brauchst du denn das alte Zeug?"

„Das ist eine lange Geschichte, aber, wenn wir was finden, erzähl ich dir alles. Es ist sehr spannend, das kann ich dir versprechen."

„Vielleicht bei einem netten Abendessen? Ich lade dich glatt ein."

Jetzt ging das Weib in Loni mit ihr durch. Sie fühlte sich zum ersten Mal seit langen Bullenjahren als Frau und nicht nur als Beamtin geschätzt (die Beamtin, die ein Auge zudrücken sollte bei irgendeinem charmanten Parksünder). Dazu kam noch, dass der Herr Student ungefähr zehn bis fünfzehn Jahre jünger war, als sie selbst … *,Na, so was!'*, wunderte

240

sie sich, lachte dann aber übermütig „Abgemacht und warf ihre langen, blonden Haare keck nach hinten. „Also, packmer's?".

Der Student wurde immer eifriger, „Na, dann folge mir mal unauffällig." (*Was war* das *denn? Stand ihr der Beruf auf der Stirn geschrieben? Aber das schien nur so witzelnd dahingesagt worden zu sein ... schwierig manchmal in einem anderen „Sprachraum".*)

Bei den BWLern meinte er, sie solle mal einen Moment warten, er wolle sich ein wenig umhören. Sie setzte sich an einen der Tische im Lesesaal und schaute umher. Ungefähr zwanzig eifrige Studenten saßen noch dort und wühlten in Büchern, machten sich Notizen, holten sich ab und an neue Bücher und brachten alte zurück an ihren Standort. Nur wenige Männer saßen dort, hauptsächlich Frauen schienen sich für diese Wissenschaft zu interessieren, und was Loni auffiel, diese Frauen waren fast alle sehr schick angezogen und sahen meistens gut aus, soweit sie als Frau dies beurteilen konnte. Aber die waren alle so entsetzlich jung verglichen mit ihr selbst. *‚Nun ja. Immerhin scheine ich ja noch konkurrieren zu können.'*, und schaute sich lächelnd um nach ihrem neuen Verehrer. Sie sah in im Gespräch mit zwei etwas älteren Studenten oder Assistenten. Er notierte sich etwas und kam an ihren Tisch.

„Komm, ich glaube ich habe was", flüsterte er ihr zu, um die anderen Studenten im Lesesaal nicht zu stören, und führte sie hinaus ins Treppenhaus.

„Wos host denn g'funden?"

„Herrlich, wenn du bayrisch sprichst", und er berührte ihren Arm, „ich mag diesen Dialekt. Erinnert mich immer an die Schulferien bei meiner Tante in Passau. Wo kommst du denn eigentlich her?"

Loni ließ Vorsicht walten und grinste, „*Out of Rosenheim*, do in dera Gegend."

„Ah, *Rosenheim Cops*", lachte er.

„Wie kommst denn jetzt *da* drauf?" Loni war schon wieder ein wenig alarmiert. ,*Hatte er ihr Bullendasein doch durchschaut?*'

„Hin und wieder schau ich mir die an, wegen des Dialekts, weißt du? Und auch manchmal *Dahoam is dahoam*. Aber das ist langweilig geworden. Und meinen Kumpeln darf ich das gar nicht erzählen, die würden nur überheblich grinsen."

„Oba jetzt sag halt, was hast denn erfahren?", stieß sie erleichtert aus.

„Die haben da einen Professor, und die glauben, der hätte einmal von diesem Symposium berichtet. Ist aber schon lange her, und der ist erst morgen wieder zu erreichen."

„Na, dann muss ich mir jetzt aber erstmal ein Zimmer suchen.". seufzte sie, wie sie selbst merkte, ziemlich herausfordernd. Und der Student sprang auch sofort an:

„Hör mal, für ein paar Tage kannst Du ruhig auf meinem Sofa pennen, wenn du willst."

„Na, ob das so ruhig … Mann, ich kenne dich ja praktisch gar nicht. Wer weiß, was du mit mir vorhast."

„Na, pass auf. Ich bin der Ralph. Ralph Thon", stellte er sich artig vor. „Studiere Anglistik und Romanistik und mache bald Examen."

„Und warum tust du das alles für mich?"

„Du gefällst mir, ich mag dich, ich mag, wie du sprichst … und überhaupt."

Loni bekam einen letzten moralischen Anfall: „Geh weida. I kannt ja fast dei Mama sei."

„Na und? Seid ihr in Bavaria vielleicht noch ein bisschen hinterher? Da muss ich doch mal ein klein wenig Entwicklungshilfe leisten! … Hab keine Angst, du musst mich ja nicht gleich heiraten. Wie heißt *du* denn überhaupt?"

„Ich bin die Appollonia", sagte Loni grinsend..

„*Nää! – Escht?* – Dat is lustisch", kicherte der Saupreiß.

„Des is übahaupts net lustig, mei Liaba. Was moanst, wievui i mei Eltern scho verflucht hob zwengs dem bledn Nam. Heitz'dog grinsans oiwei olle, oba fia mei Oma und mei Mama woa des no stinknormal!"

"Entschuldige, bitte, ich wollte dich nicht beleidigen, ich find's ja nur lustig. … Komm, wir geh'n was essen."

Gleich neben der Uni, im *Gambrinus*, machte Loni dann Bekanntschaft mit dem Kölner obergärigen Bier und fand es nicht besonders prickelnd. Sie wollte nicht unhöflich sein, schluckte es nach dem ersten Nippen in einem Zug herrunter und bestellte sich ein großes Pils, um den komischen Geschmack los zu werden. Nicht lange danach, noch bevor das Essen kam, spürte sie diese fröhliche Leichtigkeit in sich aufsteigen, die sie immer dann befiel, wenn sie auf nüchternen Magen irgendetwas Alkoholisches trank, und als dieser Ralph sie schließlich neugierig fragte, wozu sie die Informationen, die sie über das *uralte* Symposium suchte, überhaupt brauchte, da ritt Loni der Teufel. Sie beugte sich über das Tischchen und flüsterte: „Es geht um Mord!"

„*Was* ist los?", der Herr Student schaute leicht irritiert aus der Wäsche. „Du spinnst, oder?"

„Na, i spinn *net*."

„Hast *du* etwa jemanden um die Ecke gebracht?", und er rutschte unbewusst in seinem Stuhl ein wenig zurück.

„Naa, *i* do net. I bring do koa Leit net um“, Loni grinste bösartig und fügte leise hinzu, „außer es muss sein.“

„Aha!“

„Was moanst mit *aha*?“

„Ich habe nur *aha* gesagt, weil ich finde, so ein Schmarrn passt irgendwie nicht zu dir… Aber, ich weiß schon, du verarschst mich einfach. Na warte!“

„Na ja, so was fällt ja auch kaum in dein Studiengebiet.“ Sie schwiegen einen Moment, bis die Bedienung mit dem *Flöns*, der rheinischen gebratenen Blutwurst kam.

„Blutwurst … das passt ja zu Mord“, kitzelte Loni den armen Ralph von neuem und warf herausfordernd Kopf in den Nacken.

„Jetzt hör auf und versau mir nicht den Appetit.“

Eigentlich wollte sie das Spielchen noch ein wenig weitertreiben und ihrem ‚Freier‘ die Pistole unter die Nase halten, aber da – gottlob – servierte die Bedienung das Essen, und als der Teller vor ihr stand, merkte Loni plötzlich, wie ausgehungert sie war. Sie hätte im Zug etwas essen können, hatte jedoch vor innerem Hin und Her keinen Hunger gehabt. Sie war zum ersten Mal wegen einer Ermittlung auf Reisen geschickt worden und hatte sich riesig gefreut, einmal für zwei oder drei Tage dem täglichen Trott entfliehen zu können. aber Dienstreisen war sie einfach nicht gewöhnt und deshalb ein wenig unsicher, vor allem deshalb, weil sie außerhalb bayerischer Lande arbeiten musste. Sie hatte keine polizeilichen Rechte in einem anderen Bundesland und musste wieder an ihre Dienstwaffe denken. Wenn jemand sie damit erwischen würde oder wenn sie sie sogar würde einsetzen müssen, … das würde enormen Ärger geben. … Nun, da sie ja eine übereifrige, wenn auch offenbar mit speziellen Wünschen ausgestattete Hilfe gefunden hatte, begann sie sich zu entspannen und bestellte sicherheitshalber ein weiteres, großes Pils…

Am nächsten Morgen erwachte Loni mit einem – erinnerungsmäßig - großen Loch im einigermaßen schweren Kopf. Mehr behutsam blinzelnd als neugierig um sich schauend, versuchte sie das Wenige, was von ihrem Hirn übrig geblieben war, irgendwie zurecht zu rücken: Sie hatten sich durch den Abend geschäkert und durch die Nacht gewurstelt, es war wohl einigermaßen nett, wenn nicht sogar lustig gewesen, nun aber begann sie sich entschlossen anzukleiden und war gerade dabei, ihr Holster anzulegen, als die Tür aufging und dieser – *wie hieß der noch*? - Ralph, sein abenteuerlustiges Unterteil glücklicherweise schamhaft bekleidet, den Raum fröhlich lächelnd betrat und, auf die Pistole

246

deutend, grinsend meinte, „Mann, äh, isch han mit-enem Bullen jepenn!“

„Scheiße“, war Lonis Kommentar und sie blickte zu Boden.

„Denk disch nix.“ Er setzte sich neben sie auf das Sofa und legte irgendwie tröstend den Arm um ihre Schultern. „Is nix jewesen. … Du warst viel zu blau.“

„Auch *das* noch… Ein Gentleman!“, brachte sie hervor.

„Ken Angs! Wat nit is, kann noch werden!“

„Geh weida!“, schüttelte sie seinen Arm ab.

„Dat haben isch jetzt äwer nit verdient,..“

Loni seufzte auf: „Hob i vui Mist g’red?“

Ralf verfiel wieder in ein ernsthaftes Hoch-deutsch: „Mist? … Nein … Du hast mir alles von eurem Gerippe erzählt… und du warst süß, wie du so blau warst. Ich hab nie gewusst, dass die Polizei *so nett* sein kann.“

Zusammengesunken schaute Loni zwischen ihren nackten Knien hindurch auf den Fußboden: „…rhmpfersag:“

„Was meinst du?“

„I bin a *Versager*“, stieß sie hervor.

„Wieso *das* denn?

„Mann! Ich vermassele meinen Auftrag und dann…“

„Was ‚und dann‘?

„…dann schaff i's no net amoi, di zu va-
füan…", sie schüttelte in gespielter Verzweifelung
den Kopf, „des kann jo ois net woa sei."

„Jetzt hör mal zu: Du hast überhaupt nichts
vermasselt. Du hast heute Nachmittag einen Termin
bei dem Prof. Vielleicht erfährst du da ja doch noch
etwas über deine … Rita … oder wie die heißt. Ok?"

„Wieso habe ich da einen Termin?"

„Weil ich da eben angerufen habe."

„Mann, du hast aber nix gesagt, worum es
geht? Oder, dass ich von der Polizei bin?"

„Natürlich nicht. … Obwohl … die Sekretärin
hätte das ganz gern gewusst, ich hab aber nix gesagt.
Das musst du schon selber machen."

„Danke Ralph. Dafür kriegst du ein Bussi."

„Und was machen wir bis dahin?"

„Ach, da fällt dir sicher was ein.", grinste sie,
„Aber jetzt brauche ich erst mal einen Kaffee!"

Der Termin bei dem Professor erwies sich insofern als positiv, als dieser sich als zumindest guter
Bekannter der Andeler zu erkennen gab. Er sprach
von ihr als ‚Rita', die vor Jahren sehr eifrig in der
Wirtschaftsszene tätig gewesen war, sich dann aber
plötzlich selbständig gemacht habe. Loni gab sich
als polizeiliche Ermittlerin zu erkennen und bat den
Professor um einen Hinweis, wo sie Rita Andeler
finden könne.

248

„Hat sie etwas ausgefressen?", wollte dieser wissen.

„Nein, nicht dass ich wüsste", antwortete Loni, „sie könnte Zeugin in einem Fall, der uns interessiert, gewesen sein, und da erhoffen wir uns von ihr eventuell einen Hinweis."

„Na schön", lenkte der Professor ein, öffnete ein dickes Notizbuch und fand nach einigem Blättern: „Hier ist sie,. Sie hat ein Hotel *Zum Rheinblick* in Bad Godesberg übernommen, Adresse habe ich keine, aber eine Telefonnummer. Mein Gott, das ist auch schon wieder so lange her, dass ich das letzte Mal Kontakt mit ihr hatte."

Loni notierte Hotel und Nummer, verabschiedete sich und bat im Vorzimmer die Sekretärin um eine Tasse Kaffe oder irgendetwas anderes zum Trinken. Die Sekretärin bereitete ihr bereitwillig einen Kaffee zu und währenddessen bekam sie telefonisch von ihrem Chef den Auftrag eine Verbindung mit Godesberg und folgender Nummer für ihn herzustellen. Sie tat, wie ihr geheißen und stellte dann zu ihrem Chef mit den Worten durch: „Hotel Rheinblick, Herr Professor." Da hatte Loni plötzlich keinen Durst mehr, schaute auf ihre Uhr und verließ das Büro mit der Entschuldigung, dass sie nicht gemerkt habe, wie spät es schon sei und dass sie es eilig habe. Sie wollte auf keinen Fall dem Professor dort noch einmal begegnen und so schnell, wie möglich, nach

Godesberg aufbrechen. Auf dem Gang wartete schon *ihr* Studentlein, das sie begleitet hatte, und fragte eifrig, ob es „was gebracht" hätte. Loni erzählte ihm, was sie erfahren hatte, worauf Ralph ganz begeistert ausrief: „Na, dann auf nach Godesberg!"

Es dauerte einige Zeit, bis Loni ihm klargemacht hatte, dass ihre Wege sich nun trennen müssten, da es sich ab jetzt um offizielle Polizeiarbeit handele, wobei er nichts verloren habe.

Mit viel Bedauern und immer neuen Versuchen, Loni umzustimmen, fügte er sich schließlich mit bitterer Miene: „Der Mohr hat seine Schuldigkeit getan, der Mohr kann gehen. Aber, verlass dich drauf, wenn ich demnächst wieder nach Bayern komme, dann besuche ich dich in deinem Rosenheim." Sie holten ihren Trolley aus seiner Wohnung, er ließ es sich nicht nehmen, sie noch zum Bahnhof zu bringen, und dann standen sie beide noch eine lange halbe Stunde auf dem Bahnsteig herum und hatten sich eigentlich nichts mehr zu sagen, bis der Zug nach Bonn abfuhr und Loni aufatmend, aber auch mit einem leisen Bedauern in ihren Sitz fiel. Irgendwie hatte Ralphs Anmache ihrer Weiblichkeit ganz gut getan und im Grunde war er ja auch ganz nett gewesen…

* * *

In Godesberg angekommen, machte Loni sich nach einigem Überlegen zunächst einmal ‚offiziell', indem sie sich bei der dortigen Polizei vorstellte und um Unterstützung bat. Man gab ihr einen Kollegen zur Seite, der sie im Dienstwagen bequem zum *Rheinblick* brachte und es sich nicht nehmen ließ, sie auch mit ins Hotel hinein zu begleiten. Dort erfuhren sie zu Lonis Enttäuschung, dass Frau Andeler am Tag zuvor mit unbekanntem Ziel abgereist sei und ihrem Stellvertreter für den Notfall ihre Handynummer hinterlassen habe.

Loni ließ sich Andelers Nummer geben und bat, in ihr Büro hineinschauen zu dürfen: Ein großer Raum mit zwei Schreibtischen, einer Besucherecke mit Sofa und zwei Sesseln, die Wand dahinter mit einer Reihe gerahmter Fotos, ein vom Fußboden bis zur Decke reichender Aktenschrank, sowie eine Fensterfront mit Blick auf das Rheintal, alles eher geschäftsmäßig, unaufdringlich-edel und für den Blick der Beamten völlig unverdächtig. Sie wandten sich gerade zum Gehen, da blieb Loni plötzlich stehen, drehte sich zu der Wand hinter dem Sofa und betrachtete angelegentlich die Fotos. Alle zeigten irgendwelche Promis, zumeist gut gelaunt mit einem Getränk in der Hand und – in der Mitte der jeweiligen Gruppe – stets die gleiche Frau.

„Ist das die Chefin?", wandte Loni sich an den sie begleitenden Hotelangestellten und als dieser bejahte, zückte Loni ihr Handy und machte Aufnahmen von den verschiedenen Fotos. „So,", dachte sie, „jetzt wissen wir zumindest, wie die Dame ausschaut, und ich komme nicht mit leeren Händen heim."

* * *

Während sich Loni durch Köln flirtete, war Drews nicht untätig geblieben. Ihn hatte die Digitalfunkproblematik von dem Moment an stark interessiert, als er von Dr.Geisen erfahren hatte, welche Anstrengungen die Lobby unternommen hatte, um bei der Regierung Einfluss nehmen zu können Und wann immer er Zeit fand, versuchte er sich weitergehend mit dieser Thematik zu beschäftigen. Er konsultierte das Internet, aber auch ernst zu nehmendere Publikationen, kam aber zu keiner abschließenden Meinung. Schließlich bat er den Hoto, den alten Funkspezialisten, um dessen Meinung. Hoto lachte am Telefon laut auf: „Komm raus zu mir. Ich spendiere was Flüssiges und zeige dir eine ganze Bibliothek zu dem Problem." Werner fuhr noch am gleichen Abend hinaus zum Kuglstadl und ließ sich vom Hoto und seinem Hund ins Kellerarchiv führen. Mit einer umfassenden Bewegung wies der Hoto grinsend auf zwei überquellende Regale hin: „Bediene dich!"

„Und das sind alles Schriften zu den Gefahren der Digitalisierung?"

„So kannst du das nicht sagen. Die Digitalisierung als solche ist letztlich nur ein Werkzeug wie ein Bleistift oder eine Schreibmaschine. Gefährlich sind nur verschiedene ihrer Anwendungen."

„Erklär mir das, bitte."

„Nun ja, mit einem Bleistift kannst jemanden töten, wenn du ihn als Waffe benutzt. Mit einer Schreibmaschine kannst du auch jemanden erschlagen. Genau so ist es mit der Digitalisierung. Schau doch hin, inwieweit allein das Internet allen möglichen Betrügereien Tür und Tor öffnet. Aber, ich glaube, du willst auf die gesundheitlichen Gefahren des digitalen *Funks* hinaus, oder?"

„Genau. Darum scheint es letztlich in dem Fall zu gehen, an dem wir gerade arbeiten."

„Na, dann gehen wir mal wieder rauf und ich erzähle dir bei einem Glas Rotem, was ich darüber weiß."

Das Gespräch dauerte stundenlang. Vieles von dem, was der Hoto berichtete, war Drews aus der Vernehmung Sandra Hartungs bereits bekannt.. Neu war ihm, zum Beispiel, dass die französische Regierung es bisher als einzige weltweit gewagt hatte, sich den Interessen der Digi-Lobby entgegenzustellen und ein Handyverbot für Kinder unter 15 Jahren erlassen hatte. Dies war geschehen unter dem Eindruck vieler Forschungen, die eine besondere Schädigung von Kleinkindern und pubertierenden Jugendlichen durch elektromagnetische Strahlung sahen. In diesem Zusammenhang wurde auch vor dem Einsatz von schnurlosen Telefonen, WLAN und sogenannten ‚Babyphones' gewarnt. Ein erstes Gerichtsurteil in Italien hatte vor kurzem eine gesundheitliche Schädigung durch Handynutzung bei einem beruflichen Viel-Telefonierer anerkannt und ihm eine Rente zugesprochen. Der Mann hatte Gehirntumore entwickelt.

Hotos Erkenntnisse gingen noch weiter. So zeigte er Werner eine Veröffentlichung über Veränderungen von DNA unter elektromagnetischer Strahlung.

„Übrigens, Nokia hat schon 2001 die Möglichkeit einer gesundheitlichen Schädigung durch Handystrahlung eingeräumt und nach Angaben der TIMES haben Nokia, Motorola und Ericson in den USA mehrere Patente angemeldet, die elektromagnetische Strahlung von Handys und damit das Krebsrisiko verringern sollen."

Man trennte sich, einig in der Analyse, dass es letztlich Aufgabe der Regierung sei, *Schaden vom*

Volke abzuwenden, dass sie dieser Aufgabe allerdings in einigen wesentlichen Bereichen nicht nachkam, nicht nachkommen konnte, beziehungsweise nicht nachkommen wollte, da sie sich in immer höherem Maß dem Lobbyismus starker Interessengruppen von Industrie und Wirtschaft unterwarf. Der hilflose Bürger bekommt die Auswirkungen an allen Ecken und Enden zu spüren, sei es bei den fast unlesbar kleinen und manches eher verheimlichenden als klärenden Inhaltsstofferklärungen von Lebensmitteln, bei den Verbrauchsangaben von PKWs, bei verdummenden und zum Teil betrügerischen Werbungen selbst im öffentlich-rechtlichen Fernsehen – und nicht nur dort. Neuerdings wurden die seit der Finanzkrise verpflichtenden Gesprächsprotokolle von Anlageberatungen zugunsten der Banken wieder abgeschafft, und bei all diesen Dingen ging es nicht einmal um Arbeitsplätze. Warum eigentlich wird ‚Kleingedrucktes‘ wo auch immer, überhaupt zugelassen? Kleingedrucktes dient doch zumeist nur der Verschleierung wichtiger Details. Ebenso fragwürdig sind von der Regierung festgesetzte Grenzwerte – egal in welchem Bereich. Sie entstehen stets in Zusammenarbeit mit dem Anbieter eines Produkts und dürften deshalb fast immer eher großzügig festgelegt sein. So auch in dem Drews interessierenden Fall, soweit man den Aussagen der Sandra Hartung, Hubers und Geissens Glauben schenken durfte, und es gab bisher keinen Grund sie in Zweifel zu ziehen. Außerdem passte die letzte Meldung, die Werner zu diesem Thema aus dem Internet herausgeholt hatte, genau zu den Forschungsergebnissen der Frau Dr.Hartung: *Kleine Atomkraftwerke: Handys strahlen so stark, dass die DNA beschädigt wird. ... Schon geringere Dosen können schädlich sein. Die Studienautoren fordern jetzt strengere Grenzwerte.* Außerdem erkannten immer häufiger Gerichte im Ausland durch Handystrahlung geschädigten Klägern Berufs-, ja sogar Erwerbsunfähigkeitsrenten zu. Nur in Berlin und Brüssel gab es keine Reaktion.

* * *

Am nächsten Nachmittag kurz vor Dienstschluss erreichte Drews ein Anruf Lonis, die ihm über ihre Ermittlungen berichtete und fragte, wie sie sich nun weiter verhalten sollte. Werner überlegte kurz und fragte dann: „Hast du ihre Handynummer?" Als Loni dies bejahte, meinte er nur: „Dann komm heim. Dort kannst du sowieso nichts mehr erreichen. Das machen wir von hier aus. Gib mir die Nummer mal durch, bitte."

Während Löni sich auf den Heimweg machte, bekam Mattes den Auftrag, sich um Andelers Handy zu kümmern, was dieser knurrend mit der Bemerkung übernahm: „Heute noch? Sowas macht normalerweise die Loni.“

„Mann, du weißt doch, sie ist nicht da und vor übermorgen ist sie auch nicht zu erwarten. Was ist los mit dir?“

„Nix ist los. Aber warum eilt das denn so?“

Werner ahnte, was los war. Sein Kollege hatte Ärger mit Ingi. Werner ging aber nicht darauf ein. „Die Andeler hat sich doch offenbar abgesetzt. Und wenn wir Glück haben, erwischen wir sie noch, bevor sie sich nach Amerika oder sonst wohin verdünnisiert. Außerdem weißt du doch genau, wie lange es manchmal dauert, bis wir solche Verbindungsnachweise von den Telefongesellschaften bekommen. Alles klar?“

„Klar“, kam es brummig zurück, und Werner packte seine Sachen, besonders das Heizkissen, und machte sich auf den Heimweg. Er nahm sich vor, mit Ingi ein paar Worte zu reden. Es ging nicht an, dass ihr Verhalten gegenüber Mattes sein dienstliches Verhältnis zu seinem engsten Mitarbeiter trübte…

* * *

Als Drews am übernächsten Morgen in seiner Dienststelle auftauchte, empfing ihn Loni mit den Worten:

„Tut mir leid, Werner, außer Spesen fast nichts gewesen."

„Na, immerhin haben wir ihre Handynummer. Und sonst ist nichts rausgekommen?"

„Ich habe ein paar Fotos, wo sie drauf ist."

„Echt? Wie hast du *das* denn geschafft? Zeig mal her."

Drews schaute sich die Bilder an. Sie waren insgesamt nicht sehr gut, weil vom Glas der Bilderrahmen leicht verspiegelt, aber Drews freute sich.

„Bring sie gleich zur Technik, die sollen von den besten Vergrößerungen machen. Gut gemacht, Loni."

„Halt, nicht so eilig!", meinte Loni und berichtete noch von dem Telefonat des Professors mit Andelers Hotel. „Sie war ganz offenbar von meinem Interesse an ihr informiert worden und war sofort geflüchtet."

„So würde ich das auch sehen.", sagte Drews und widmete sich wieder dem Tagesgeschäft.

Als die Bilder von der Technik zurückkamen, übermittelte Drews sie sogleich an Willi und an seine Kollegen in Österreich mit dem Bemerken, dass Frau Rita Andeler für eine Befragung dringend gesucht werde und dass sie sich zur Zeit möglicherweise im Bereich Salzburg aufhalte. Er hielt es durchaus für irgendwie denkbar, dass die Andeler hinter dem Drohbrief an die Hartung steckte, und dass sie sich in deren Nähe begeben hatte, um – wer weiß was? – unter Kontrolle zu halten oder zu verhindern.

* * *

Es dauerte nur zwei Tage und dann geschah alles beinahe gleichzeitig: Werner Drews verfluchte seine Kreuzschmerzen und wollte sich gerade für die Physiotherapie abmelden, da kam Mattes mit dem Verbindungsnachweis zu Frau Andelers Handy herein. Die beiden letzten Einträge bestätigten Werners Vermutung über ihren derzeitigen Aufenthalt: Es hatte am Tag ihrer ‚Flucht' zwei kurze Anrufe vom Flughafen Köln-Bonn sowie vom Flughafen Salzburg in den Mobilfunkquadranten Weng gegeben.

„Weng?... Ist das *das* Weng gegenüber von uns?", wollte Drews wissen.

„Wahrscheinlich."

„Kannst du das rauskriegen?"

„Ich versuch's.", und damit war Mattes wieder weg.

Werner rückte seufzend sein Heizkissen zurecht und rief bei der Physio an, um seinen Termin zu verschieben. Sein Bauchgefühl sagte ihm, dass etwas geschehen würde..

259

Er hatte kaum aufgelegt, da meldete sich sein Handy in der anderen Ecke des Zimmers (seit seinen Gesprächen mit Sandra Hartung und seiner anschließenden Beschäftigung mit dem Thema *elektromagnetische Strahlung* trug er es , soweit möglich, nicht mehr am Körper und verbannte es in irgendwelche Ecken, möglichst weit weg von sich selbst). Auf seinem Bürostuhl sitzend und sich mit den Füßen abstoßend rollte er zu dem strahlenden Ungetüm hin und meldete sich. Es war der Willi mit der Nachricht „Hier tut sich was."

„Brauchst du Hilfe?"

„Kann nicht schaden."

„Ok, bis gleich."

Seine Bandscheibe vergessend, sprang Werner auf, schnappte sich Loni und Mattes und während die drei in Werners Privatwagen auf die Grenze zu rasten, alarmierte Mattes per Handy die Kollegen in Österreich. Drews ertappte sich bei dem Gedanken, dass die Strahlung von Mattes Gespräch in dem faradayschen Käfig des Autos hin und her geworfen würde, ehe sie sich durch die Glasscheiben verflüchtigen konnte, und spürte direkt ein Kribbeln auf der Haut. Mit einem innerlichen Fluch verdrängte er seine Paranoia und konzentrierte sich wieder auf das Fahren.

Auf der Tomatenplantage angekommen, bot sich den drei Burghausern folgendes Bild: Wie fast immer bei einem Polizeieinsatz hatten sich in der Nähe des Verkaufsstandes etwa zwanzig Schaulustige gruppiert, die von einem österreichischen Beamten gerade zurückgedrängt wurden. Ein weiterer Beamter diskutierte mit einem dünnen, hochgewachsenen Menschen, der neben einem Wagen mit laufendem Motor stand. Ein wenig abseits entdeckten sie den Willi, zu Sandra Hartung herabgebeugt, die zitternd auf einer Kiste sitzend, ihren Sohn fest in den Armen hielt.

Mattes und Loni wandten sich dem diskutierenden Beamten zu, während Werner auf Willi zu ging und gerade als er ihn fragen wollte, was denn eigentlich passiert sei, rief ihm Frau Hartung zu:

„Die haben es probiert! Die wollten den Andi entführen."

Einer der österreicher Kollegen kam hinzu. „Wir haben Eure Dame Andeler."

„Wo?"

„Sitzt schon im Einsatzwagen. Ihr Kumpel ziert sich noch ein wenig."

„Darf ich mal sehen?", fragte Drews und wandte sich bereits dem Einsatzwagen zu.

„Sie sind Frau Rita Andeler?"

„Ja. Und vielleicht können Sie mir sagen, warum wir hier festgehalten werden?"

„Des erfahrst nachert scho auf der Amtsstubm, hörst?"

„Das ist eine Unverschämtheit. Ich werde mich beschweren, darauf können Sie sich verlassen.“

Sie bekam keine Antwort. Werner, der sich immer wieder wunderte, wie autoritär die Kollegen von jenseits der Grenze mit ihren Delinquenten umsprangen, wurde von dem österreicher Beamten zur Seite gebeten und dieser fragte ihn leise: „Ich wüsste das auch gern, Kollege. Warum nehmen wir die jetzt eigentlich fest?“

Werner dachte kurz nach und meinte dann:

„Wir müssen zumindest die Frau zu einem Mordfall befragen und es wäre gut, wenn der Typ, mit dem sie hier unterwegs ist, auch dabei sein könnte. Für den Moment würde ich sagen *versuchte Entführung*, oder?“

Na gut. Aber ich brauche von euch irgendwas Schriftliches. Am besten ein Amtshilfeersuchen, dann können wir sie euch überstellen.“

„Gehma! Gehma! Gehma!“, erschallte es laut und drängend, als der lange Dünne zum Einsatzwagen geführt wurde und Drews bekam noch den Hinweis, dass sein Amtshilfeersuchen eilte, denn man könne die beiden ja nicht ewig festhalten.

Drews formulierte seinen Antrag und begründete ihn trotz der schwierigen Beweislage   mit

‚Mordverdacht' um den minderschweren Tatbestand der ‚versuchten Entführung' der Österreicher zu übertrumpfen. Vom Chef unterschrieben und durch Mattes persönlich der österreichischen Dienststelle überbracht, musste man man in der Burghauser Dienststelle dennoch lange auf die Überstellung der beiden Delinquenten warten. Hüben wie drüben wieherte in solchen Fällen der alles behindernde Amtsschimmel laut, kräftig unterstützt von einem Münchner Staranwalt, der nach mehreren Befragungen aller Beteiligten stets von neuem durch Haftprüfungstermine die Angelegenheit in die Länge zog. Schließlich kam dann doch der Tag, an dem Werner, Mattes und Loni in Gegenwart des örtlichen Staatsanwalts den beiden Verdächtigen und ihrem Anwalt gegenübersaßen. Es wurde ein zähes Ringen, bis Frau Andeler ein dummer Fehler unterlief:

Werner hatte sich eines Tricks erinnert, von dem er gar nicht mehr wusste, woher er ihn kannte. Vielleicht stammte er sogar nur aus irgendeinem Krimi im Fernsehen. Er hatte Loni die in der Nähe des Skeletts aufgefundene Puderdose gegeben und sie angewiesen, sich auf ein Zeichen von ihm, die Nase zu Pudern und dabei – wie absichtslos – mit dem Döschen auf eine Weise herumzuspielen, dass die Andeler es sehen musste. Als es dazu kam und

Loni gelangweilt den Deckel der Dose auf- und zuschnappen ließ, kam von Rita Andeler der verwunderte Ausruf: „Ach, woher haben Sie *das* denn? Ich hatte genau so eins." Der Rippenstoß ihres Anwalts kam zu spät, und damit war die Sache gelaufen. Frau Rita Andeler und ihr dürrer Begleiter wurden festgenommen wegen des dringenden Tatverdachts des Mordes an Henri Mattson.

Viele Monate später kam es zur Gerichtsverhandlung, bei der die beiden Verdächtigen mit drei Anwälten auftraten. Der Dachverband hatte sie ihnen gestellt, um zu verhindern, dass seine eigenen Machenschaften in Sachen Lobbyismus allzu sehr durchleuchtet wurden und an die Öffentlichkeit gerieten.

Die Wahrheit kam ans Licht, als der lange Dünne mit den Worten „Ach, Scheiße, das Ganze war ein Unfall!" die Nerven verlor und auspackte:

Er habe am Morgen des Tages, als das Feuer in Geissens Betrieb ausgebrochen war, Frau Andeler nach Burghausen gefahren, um mit Mattson ein eventuell weiteres Vorgehen gegen die Arbeit von Brunner und Hartung zu besprechen. Sie hätten dann mit Mattson in einem Restaurant in der Neustadt zu Abend gegessen, Mattson sei die ganze Zeit nervös gewesen und schien auf irgendetwas zu warten. Irgendwann sei dann in der Nähe des Restaurants ein Unfall geschehen. Mattson sei aufgesprungen und zur Unfallstelle geeilt und sie seien ihm gefolgt. Sie hätten beobachtet, wie Mattson sich über eines der beiden Unfallopfer gebeugt habe. Dann habe Frau Andeler die am Boden liegende Frau als Frau Hartung erkannt und Mattson weggezogen. Währenddessen hörten sie aus den Gesprächen der Schaulustigen die Neuigkeit von dem großen Feuer irgendwo draußen im Industriegebiet. Daraufhin wären sie mit Mattson hinausgefahren in die Nähe des Feuers und Frau Andeler hätte bemerkt, dass es bei der GX-Tech war, wo das Feuer wütete. Sie äußerte gegenüber Mattson den Verdacht, dass er, Mattson dahinterstecke, was dieser weder bestätigte, noch abstritt. Sie hätten dann neben der Straße im Wald angehalten und es sei zum Streit mit Mattson gekommen, während dessen Mattson immer arroganter geworden sei. Schließlich habe er, mit dem Rücken ans Auto gelehnt und mit seinem Handy an den Zähnen klickend, wieder so arrogant gegrinst und gesagt, sein Auftrag hätte gelautet *,mit allen Mitteln'* und irgendwann habe er Mattsons Gegrinse nicht mehr ertragen und habe ihm eins *,auf die Fresse'* gegeben. Dabei habe Mattson sein Handy in den Hals bekommen und sei daran erstickt. Sie hätten noch versucht, ihm zu helfen, aber sie hatten keinen Erfolg damit gehabt und er sei direkt vor ihnen gestorben. Er selbst habe Angst vor einer Verhaftung bekommen und Frau Andeler wollte vermeiden, dass sie selbst sowie auch ihr Auftraggeber, der Dachverband, mit diesem Tod in Verbindung gebracht würden, und so habe er seinen Arbeitsanzug ausgezogen, den Mattson draufgelegt und ihn tiefer in den Wald hinein geschleift, wo sie ihn dann verscharrt hätten.

„Sapramunt", flüsterte Werner der Loni im Gerichtssaal ins Ohr, „eine fast tragische Figur dieser Mattson!"

Auf Lonis fragenden Blick hin ergänzte er:

„Na ja, er ist ja praktisch an seiner Aufgabe gestorben – und erstickt dann noch am eigenen Handy!".

Das Urteil erging zwei Tage später und lautete auf Freispruch mangels Beweisen hinsichtlich der Mordanklage gegen Rita Andeler. Der Lange bekam dreieinhalb Jahre Haft wegen Körperverletzung mit Todesfolge. Das Verscharren und Nichtanzeigen der Leiche wurde als Ordnungswidrigkeit gewertet und mit einer Geldstrafe belegt. Da dem Gericht inzwischen ein Auslieferungsantrag aus Österreich hinsichtlich des Verdachts auf versuchte Entführung vorlag, wurden die beiden Angeklagten in Auslieferungshaft überführt.

∗ ∗ ∗

Als sie aus dem Gerichtssaal kamen und sich auf den Heimweg machten, meinte Loni:

„Ich hab's ja gesagt: *Außer Spesen, nix gewesen.*"

„Wie meinst du *das* jetzt?", Mattes schaute verständnislos.

„Na, die Hauptsache wurde noch nicht einmal gestreift."

„Welche Hauptsache?"

„Na, die Schweinerei mit den Frequenzen, den Grenzwerten und dem Digitalfunk. Und, was ist mit dem Mord an Brunner?"

„Ach Gott", kommentierte Drews weise, „mit dem Brunner können wir uns ja noch einmal beschäftigen, obwohl … die Ermittlungen in dieser Sache sind damals schon ergebnislos abgeschlossen worden. Und der Digital-Zug ist doch längst abgefahren. Oder glaubst du, dass die Regierung…?"

Worauf Loni ironisch einwarf: „Welche Regierung?"

„Hast du auch wieder Recht."

§ § §

Wiederum sei **Dank** gesagt meinem treuen und unermüdlichen Lektor, Horst Tonn, der mir aus der Ferne immer wieder den geeigneten Tritt versetzte, der mich bei der Stange hielt. Ebenso sei Beatrix Scholtz für ihre Hilfe bedankt.

Im Übrigen sei auch hier wieder darauf hingewiesen, dass sowohl die Handlungen wie auch die handelnden Personen dieses Romans frei erfunden und eventuelle Ähnlichkeiten mit real existierenden Personen rein zufällig und unbeabsichtigt sind.

Was die wiedergegebenen Erkenntnisse hinsichtlich der Schädlichkeit elektromagnetischer Strahlung und E-Smog im Allgemeinen betrifft, so sind diese an den verschiedensten Stellen in der Presse und im Internet veröffentlicht und somit Gemeingut.

Der Autor

Vom gleichen Autor:

„Blues über der Burg"
Tredition-Verlag
ISBN 978-3-8495-5140-7 (Paperback)
      978-3-9495-7899-2   (e-Book)

„Schönen Gruß von der Schwarzen Frau"
Tredition-Verlag
ISBN 978-3-7323-1063-0 (Paperback)
      978-3-7323-1064-7 (Hardcover)
      978-3-7323-1597-0 (e-Book)